AF142393

RÊVES D'OR(S)

Des nouvelles pour rêver éveillé

Adeline DEMESY

© 2019 Adeline Demesy
Éditeur : BoD-Books on Demand
12-14 rond-point des Champs-Élysées, 75008 Paris
Impression : Books on Demand, Norderstedt, Allemagne

Illustration : Adeline Demesy
ISBN : 9782322187966
Dépôt légal : octobre 2019

RÊVES D'OR(S)

Des nouvelles pour rêver éveillé

Adeline DEMESY

Du même auteur

Comment bien respirer la vie ? Tout simplement…
Guide pratique (2021),
Editions Lanoré

Journal de confinement d'une maman à bout !
Fiction - (juin 2020) - Books On Demand

Mes 10 commandements pour mieux vivre son cancer du sein
Guide santé (Septembre 2020)
Kiwi Editions

Tout simplement
Recueil de nouvelles, (2017)
Books On Demand

Le journal d'une amazone
Récit Témoignage (2019)

Un rêve pour noël

Eva ferma le magasin comme à son habitude à 19 h 15. Les flocons continuaient à tomber dehors. On était le 24 décembre et cela faisait un bon moment que l'hiver était au rendez-vous. Pas besoin d'aller dehors par ce froid glacial pour rentrer chez elle ; Eva habitait dans l'appartement situé au-dessus de la boutique.

Un an plus tôt, après avoir visité plusieurs logements, elle avait eu le coup de cœur pour ce T4 et avait ainsi pu monter son commerce comme elle l'avait toujours rêvé : un petit local au rez-de-chaussée aménagé pour y vendre ses fleurs, et son chez-elle, situé juste au-dessus ; le tout dans un appartement de 110 m², et qui plus est, situé en plein cœur de la boucle à Besançon.

Cela faisait deux ans qu'elle s'était lancée dans l'inconnu et avait décidé d'arrêter sa carrière de secrétaire commerciale pour réaliser son projet de fleuriste. Difficile pour cette jeune femme de reprendre ses études à trente-trois ans, pourtant son rêve fut concrétisé. Il avait fallu qu'elle développe son commerce, mais Eva devait avoir une bonne étoile au-dessus de sa tête car en seulement six mois, les clients affluaient déjà à son magasin, qu'elle avait baptisé « Jardin Eva-sif ». Elle avait choisi le lieu idéal pour que son affaire fonctionne car son entrepôt donnait juste sur le Doubs ; la vue y était magnifique et l'endroit très fréquenté par les citadins.

De plus, son local était toujours bien ornementé. Eva adorait jouer avec les couleurs. Chaque mois, le magasin bénéficiait d'une décoration avec une couleur dominante. Pour le mois de décembre, il s'agissait de lampions rouges et blancs ainsi que de peluches d'ours polaires entreposés entre les plantes. Il y avait également des guirlandes rouges et jaunes accrochées au-dessus du comptoir et aux fenêtres. Ce lieu était un vrai paradis pour ses clients.

À toute période de l'année, Eva allumait des bougies et de l'encens, si bien qu'en plus de l'odeur des fleurs, il flottait ce délicat parfum qui détendait les esprits.

Après avoir fermé le rideau de fer du magasin, Eva rentra chez elle. Elle trouva sa fille déjà installée devant la télévision à regarder une série de la chaîne Gulli.

— Joséphine, j'espère que tu as avancé dans ton passeport[1]?

La fillette, âgée de neuf ans, avec un sourire charmeur, acquiesça.

Elle était mature pour son âge, sa maman l'ayant élevée seule. Le papa était un bel homme rencontré onze ans auparavant lors de vacances estivales à Rome.

Eva avait rencontré cet inconnu lors d'une visite organisée à la Chapelle Sixtine.

---

[1] cahier éducatif

Ils avaient poursuivi leur idylle jusqu'à la fin de leur séjour puis s'étaient fait leurs adieux... Eva était fiancée et Mathieu, marié...

Ils avaient donc décidé d'un commun accord de mettre fin à leur histoire, si passionnante fût-elle.

Mais après plusieurs semaines, Eva avait découvert qu'elle était enceinte. Il était hors de question pour elle de prévenir son amant ; elle venait de rompre avec son fiancé et ne se voyait pas se remettre dans une histoire et surtout, elle pensait que Mathieu ne serait pas d'accord de reconnaître l'enfant. Elle garda donc le bébé et accoucha d'une magnifique petite fille qu'elle prénomma « Joséphine », en mémoire de sa grand-mère adorée. Envers et contre tous, elle décida d'élever seule son enfant.

Comme un fait exprès, lorsqu'elle était au collège, elle se plaisait à dire à ses amies « quand je serais grande, je serai une mère célibataire ».

Eh bien, les anges avaient dû l'entendre.

— Joséphine, tu as hâte d'ouvrir tes paquets ? Demanda Eva à l'enfant.

— Maman, tu sais très bien ce que je veux pour Noël, répondit tristement Joséphine.

Eh oui, Eva savait très bien ce que voulait sa fille ; elle voulait connaître l'identité de son papa. Depuis un an environ, Joséphine fouillait dans les papiers d'Eva à la recherche d'un prénom, d'une photo. Et quand elle demandait à sa mère, celle-ci lui répondait qu'elle ne savait pas où vivait son papa et qu'elle ne connaissait que son prénom. Ce qui était malheureusement la vérité.

Quand Eva regardait sa fille, elle voyait Mathieu. Les premières années, Joséphine ressemblait à Eva : cheveux châtain foncé très fins, le teint mat, et un petit nez en trompette. Maintenant, elle avait en plus ce sourire ravageur ainsi que les yeux en amande, couleur noisette, de son père.

« Mathieu, comme tu étais beau… » se mit à penser Eva.

***

Il arriva par l'autoroute A36 et se dirigea au rond-point direction Besançon. Il y avait peu de trafic, pourtant, c'était la veille de Noël. Il était parti précipitamment de Fleury et conduisait prudemment, les flocons tombant en rafale sur la voiture. Il n'avait pris qu'une valise et n'avait pas pensé à emporter des vêtements chauds, étant habitué à un climat plus doux. Et là, à 19 h 30, il faisait nuit noire, il neigeait abondamment et le thermomètre affichait -2 °C. « Quel sale temps… » bougonna-t-il. Il regarda son GPS, il ne lui restait plus que quinze minutes avant d'arriver à destination.

Il était parti sans se retourner, laissant sa femme et son chien. Cela faisait bien longtemps que le couple ne communiquait plus.

Elle travaillait en tant qu'infirmière dans un hôpital à Narbonne et lui était cadre commercial itinérant. Pris tous les deux par leurs activités respectives, ils se croisaient tout juste le weekend quand elle n'était pas d'astreinte. Puis, au fil des années ils s'étaient éloignés et ne partageaient plus rien.

Ils n'avaient pas voulu avoir d'enfant, chacun appréciant son indépendance et sa liberté, ce qui les avait sans doute conduits à cette situation. Ils avaient donc d'un commun accord décidé de divorcer. Il lui avait tout laissé : maison, voiture et son adorable Bouvier Bernois, baptisé « Magnolia », comme la fleur rose et blanche poussant en Italie qu'il adorait.

En ce mois de décembre 2016, il voulait repartir à zéro et retrouver la femme qu'il avait aimée passionnément.

***

Eva venait de raconter une histoire à Joséphine. Depuis son plus jeune âge, la lecture du soir était devenue une tradition. La fillette adorait les contes de fées. Ce soir, elle avait eu le plaisir d'entendre l'histoire de « La Belle au Bois Dormant ».
— Maman, peut-être qu'un jour papa reviendra et t'embrassera et ça te réveillera... Ça nous réveillera..., dit la fillette avant de fermer ses yeux et de se recroqueviller dans son lit.
Eva resta pensive « cette enfant me surprendra toujours ». Joséphine avait le don de faire des sous-entendus, faisant innocemment passer des messages.
Se pouvait-il qu'elle retrouve un jour Mathieu ? Elle ne connaissait que son prénom. Elle savait qu'il habitait dans le sud de la France et qu'à l'époque de leur rencontre, il était vendeur dans une entreprise d'outillages.
Et puis, il avait dû poursuivre sa vie d'homme marié et devait avoir deux voire trois enfants maintenant. Non, leur histoire n'avait été qu'une belle poésie des soirs d'été...

***

Mathieu se demandait à quoi pouvait ressembler Eva aujourd'hui.

Il se souvenait de leur première rencontre. Ce qui l'avait séduit, c'était l'assurance de la jeune femme. Elle était accompagnée de deux amies, lorsqu'il l'avait remarquée lors d'une excursion. Elle avait parié avec ses amies qu'elle demanderait à ce bel inconnu de passer une soirée avec elle. Elle s'était avancée sans crier gare vers lui et l'avait interpelé :

— Ça vous dirait de passer une soirée avec une belle inconnue ?

Lui, troublé, n'avait pu qu'accepter sa proposition plus que surprenante.

Ils avaient ainsi poursuivi leur soirée au restaurant de l'Hôtel. Elle l'avait séduit par son humour, son imagination débordante et surtout elle avait ce sourire magnifique accompagné d'une seule fossette. Lorsqu'elle riait, plus rien autour de lui n'existait.

Ce soir-là, il ne voyait qu'elle…

Il l'avait raccompagnée à sa chambre d'hôtel et tel un gentleman, il avait essuyé la proposition de rentrer pour boire un café.

À partir du lendemain, ils ne s'étaient plus quittés.

Il se souvenait de leur première nuit ensemble. Eva avait rejoint Mathieu dans sa chambre d'hôtel située à l'opposé de la sienne mais dans la même résidence « Bellesuite Rome ». Ils étaient comme deux adolescents qui allaient faire l'amour pour la première fois. Cette nuit, il s'en souvenait comme si c'était hier… Il n'avait jamais ressenti autant d'émotion pour une femme, pas même sa propre femme. Leur nuit avait été passionnelle, fusionnelle, magique. C'était à partir de ce soir-là, qu'il était tombé éperdument amoureux d'elle.

Le dernier jour des vacances, il voulait tout abandonner pour aller la retrouver mais la jeune femme lui avait fait comprendre qu'elle ne souhaitait pas poursuivre leur relation. Elle était fiancée. Lui, était marié, mais prêt à quitter sa femme pour celle qu'il disait aimer sincèrement.

Eva en avait décidé autrement…

Mathieu était nostalgique à ces mémoires du passé et quelque peu stressé aussi. Il allait retrouver celle qu'il n'avait jamais cessé d'aimer depuis toutes ces années. Il se demandait comment Eva allait réagir. Mais surtout, il se lançait dans l'inconnu. De toute façon, il n'avait plus rien à perdre…

Il s'interrogeait. Était-elle mariée ? Avait-elle eu des enfants ? Qu'était-elle finalement devenue ?

Il avait retrouvé sa trace grâce au réseau social Facebook, par l'intermédiaire d'une des deux amies qui accompagnaient Eva lors de leur voyage. Il avait eu l'audace de lui envoyer un message pour avoir son nom et son adresse. L'amie en question, Caroline, ne la fréquentait plus depuis des années, ayant déménagé. Elle se souvenait qu'elle avait quitté son fiancé dès son retour d'Italie. Et ensuite, Caroline avait quitté la région du Doubs pour suivre son amoureux en Bretagne. Elles s'étaient perdues de vue.

Mathieu avait donc obtenu le nom de famille de la jeune femme, elle s'appelait « Eva Mounier » ainsi que son adresse de l'époque et un numéro de téléphone.

Il avait tenté de la retrouver sur Facebook mais Eva ne possédait pas de profil.

Il avait essayé de la joindre par téléphone mais le numéro n'était plus attribué.

Heureusement, il avait regardé dans les pages jaunes et avait trouvé sa nouvelle adresse.

***

Eva s'installa confortablement sur son rocking-chair avec un bon livre. Elle lisait en ce moment un polar d'Harlan Coben, « Une chance de trop ». Elle observait tantôt les flocons tombés en cascade contre la fenêtre, tantôt les illuminations du sapin de Noël. Plusieurs paquets cadeaux étaient posés devant l'arbre. Tous les papiers étaient rouges, se mêlant bien avec la couleur des boules et des guirlandes.
Elle avait fait un feu dans la cheminée et allumé des bougies, comme à son habitude. Elle se sentait tellement bien dans son appartement.
Lorsqu'elle avait quitté Patrick, son fiancé de l'époque, elle était revenue habiter chez ses parents. Elle avait donc passé plusieurs années dans une partie de leur maison, aménagée de façon qu'elle et Joséphine soient indépendantes. Le père d'Eva avait rénové une partie de la ferme afin qu'elles aient chacune leur chambre, un séjour cuisine et une salle d'eau. Elle y avait vécu presque deux ans.
L'appartement où elles vivaient désormais, avait cette particularité de dégager une atmosphère de sérénité. Eva avait enfin trouvé sa voie et vivait heureuse avec sa fille. Elle avait connu certes plusieurs hommes depuis toutes ces années mais elle n'avait pas éprouvé ce beau sentiment qu'est l'amour.
Maintenant, elle habitait seule mais avait cette désagréable impression qu'il lui manquait quelque chose... Ou plutôt... Quelqu'un...

***

Mathieu approchait de sa destination et ressentait comme une boule dans sa poitrine. Il se gara sur le parking du marché des Beaux-Arts.

Il trouva les illuminations de la ville magnifiques... Féeriques. Une grande roue monopolisait la place.

Après quelques minutes, il se sentit plus serein, plus détendu, comme s'il était dans un chapitre de conte de fées.

Il emprunta une ruelle. Son pouls s'accélérait au fur et à mesure qu'il se rapprochait de chez elle...

« Mon amour, j'arrive » pensa-t-il.

Dans cette rue éclairée, on ne pouvait que remarquer le visage angélique de ce bel inconnu. Il n'était plus qu'à quelques pas de la femme de ses rêves...

***

20 h 15, Eva posa son livre et décida d'aller se coucher, exténuée. En pleine période de fêtes, elle était submergée par les commandes. Trois fois dans l'année, il ne fallait pas compter les heures et travailler durement.

Elle se rendit dans la salle de bains pour enfiler sa nuisette et se démaquilla.

Demain, une grosse journée l'attendait. Ses parents ainsi que sa sœur viendraient vers 11 h 00 pour l'aider à préparer les festivités. Il y aurait également une tante et un oncle ainsi que les enfants. Comme chaque année, ce serait un moment de partage et de bonheur. Et c'est pour cette raison que la jeune femme prévoyait de se coucher tôt, afin d'être en forme.

Ce soir, ses pensées allaient vers son amour perdu...

Joséphine avait l'air de souffrir de ne pas connaître son père. Ne devrait-elle pas le rechercher au moins pour sa fille ? Elle songea pourtant que s'il l'avait voulu, il se serait manifesté depuis toutes ces années.

Eva s'approcha de la fenêtre pour regarder les flocons une dernière fois avant d'aller rejoindre sa chambre... Elle adorait l'hiver. Dehors, la rue était animée ; quelques jeunes riaient au loin et des parents se promenaient avec leurs enfants. « Ils reviennent sûrement du marché de noël », pensa Eva.

Lorsque soudain... Sous le réverbère, elle distingua une jolie silhouette, un homme qui marchait dans sa direction et se dirigeait vers le magasin.

Son allure, sa démarche lui rappelait quelqu'un... Non, elle devait rêver.

Sa curiosité l'emporta, elle décida de s'en rendre compte par elle-même et d'un pas énergique, descendit les escaliers, manquant presque de tomber.

Elle se posta devant la fenêtre et regarda au loin... La lumière laissait entrevoir un homme assez grand, aux cheveux poivre et sel, qui avançait vers la boutique.

Elle le reconnut. C'était lui, Mathieu. Des larmes commencèrent à couler sur son visage. Et si c'était un rêve ?

***

Il arriva devant le magasin et chercha l'entrée. Il se sentit observé et instinctivement, s'approcha de la fenêtre.

C'est là qu'il découvrit un visage, à peine éclairé par une bougie.

Il la reconnut. Ces yeux noisette, ce regard taquin, ce sourire, cette unique fossette... C'était elle... Ces larmes...

Tandis que le rideau métallique se levait, le cœur d'Eva battait la chamade. Elle ne rêvait pas, c'était bien lui, l'homme qu'elle avait aimé si passionnément jadis. Elle ne savait pas pourquoi elle pleurait. Elle ne savait pas non plus comment accueillir Mathieu après toutes ces années... Qu'allait-elle lui dire ?

La porte était ouverte. Les deux amants se regardaient sans un mot, sans un geste.
Il la trouvait belle, tellement belle, comme si les années passées n'avaient eu aucun impact sur sa beauté.
Elle le trouvait changé, plus mature, plus solide. Il avait cette carrure d'un homme dans les bras duquel on se sent en sécurité et il avait toujours ce regard si envoûtant.
Au bout de quelques secondes, ils se jetèrent dans les bras l'un de l'autre. Ils restèrent ainsi pendant quelques instants, silencieux. Plus rien autour d'eux n'existait...
Ils ne remarquèrent pas qu'ils étaient observés...

***

La fillette observait la scène depuis quelques minutes. Joséphine n'avait pas réussi à trouver le sommeil, trop impatiente d'être au lendemain et d'ouvrir ses paquets.
Elle avait entendu sa mère descendre les escaliers et curieuse, l'avait suivie.
Elle avait vu ses larmes couler. Elle s'était donc faite toute petite pour ne pas la déranger. Ensuite, sa maman avait ouvert le rideau de fer.
C'est là qu'elle les avait aperçus, dans les lumières de Noël.

Joséphine avait compris qui était cet inconnu qui serrait si fort sa maman. C'était lui, l'homme qu'elle attendait depuis tant d'années : Son papa. C'était lui qu'elle avait appelé dans ses nombreux rêves enfantins.

Elle ne put rester silencieuse plus longtemps et prononça « papa » si faiblement qu'il était impossible pour elle d'avoir été entendue.

Pourtant, le couple se retourna sur ses deux syllabes.

Mathieu considéra la fillette et interrogea Eva du regard. Elle lui sourit et ne dit rien ; il avait compris. Il s'approcha de l'enfant et se baissa pour se mettre à sa hauteur. Joséphine lui sauta dans les bras et le serra si fort qu'il eut du mal à respirer.

La jeune maman observa la scène, incrédule, se pouvaient-ils qu'après toutes ces années, ils forment enfin une famille ?

La fillette dut entendre ses pensées intérieures et observa ses parents. Elle prononça des paroles qu'ils ne risquaient pas d'oublier de sitôt.

— J'ai souvent rêvé de papa et j'ai demandé que mon rêve se réalise... Ben voilà j'ai mon papa pour Noël !

     Eva et Mathieu sourirent.

Bien sûr que les rêves et les miracles pouvaient se réaliser ; il suffisait d'y croire...

« Si vous pouvez le rêver, vous pouvez le faire »[2]

---

2 Citation de Walt Disney

Reviens-moi, reviens-nous...

De nos jours,

Je suis assise au bord du Doubs, stoïque, vidée de toute énergie, regardant les deux magnifiques cygnes voguant sur l'eau. Les deux Anatidé font preuve d'une sérénité déconcertante. Ils font face l'un à l'autre, enroulant leur long cou comme pour s'élever et ne faire qu'un... Que c'est beau ! Deux êtres angéliques que je commence à envier.
Moi aussi je voudrais plus que tout parcourir les flots avec mon âme sœur, ma moitié. Mais non, le destin en a décidé autrement... C'est tout simplement cruel.
Quelques larmes coulent alors sur mes joues en repensant à LUI. Tout me revient en mémoire... Ses yeux d'un bleu hypnotisant, son sourire mirifique illuminant le moindre de mes sens, son corps trapu avec lequel je me sentais merveilleusement bien...

Mon amour, s'il te plait reviens-moi... Reviens-nous...

Soudain, malgré la chaleur dégagée d'un soleil omniprésent aux rayons revigorants, quelques frissons m'enveloppent, parcourant un à un, chacun de mes membres et causant alors un léger malaise...

Février 2012

— Joyeuse Saint Valentin mon amour ! Me murmure mon loup au creux de l'oreille.

Je suis aux anges, que demander de plus ? Nous célébrons notre amour même si ce culte reste commercial... Mais finalement quelle importance ?

Mon cœur, nous sommes enfin réunis, après toutes ces embûches...

Cela fait de nombreux mois que j'attends ce jour si spécial, si unique, si fabuleux. Des mois, des semaines, des milliers d'heures pour être auprès de toi...

Et là, enfin, nous sommes ensemble ! Ce soir, je sais que nous allons passer un moment exquis. Des heures exquises, tout simplement. Nous trinquons nos verres remplis de Cerdon, nous noyant amoureusement dans les yeux l'un de l'autre. Je ne peux m'empêcher de contempler cette couleur d'iris bleu claire, me faisant voyager puis plonger dans l'océan paradisiaque de son âme.

Dans quelques heures, le voyage se prolongera dans un univers charnel et passionnel... Mais pour l'heure je savoure ce moment délicat, qui m'électrise sur place, faisant frissonner chacune des parties de mon corps, m'immergeant au cœur d'un bonheur palpable.

Février 2015

Je suis couchée sur mon canapé, seule, éplorée et grosse. Je devrais pourtant être heureuse de porter la vie ; surtout, de porter TON bébé... TON fils.

Mais non, je ne suis pas bien... Je t'en veux... Reviens-moi mon amour.

Comme tu le souhaitais, il s'appellera Jules. Je suis certaine qu'il aura le même sourire que toi, le même menton carré, le même regard bleu océan. Je ne suis plus qu'à quelques semaines avant de faire connaissance avec ce petit être.
Ô combien j'aimerais que tu sois auprès de moi, auprès de nous deux, auprès de cet enfant confectionné avec plusieurs pincées d'amour, une poignée de patience, rissolé avec passion. Cet enfant conçu par deux âmes sœur... Deux âmes liées depuis le début de leur existence...

Deux âmes qui finiront ensemble, dans cette vie-là ou dans une autre.

La première fois que je t'ai rencontré, c'était chez des amis communs. J'étais engagée dans une relation platonique, une relation monotone, sans amour. Et tu m'es alors apparue avec une bouteille de champagne à la main. Je me souviens que j'avais été chamboulée à ta vue, immobile et mal à l'aise. Déjà ton âme s'était alliée à la mienne. Comment résister à un tel acharnement ! C'était il y a bien longtemps... Les souvenirs restent, ne s'enfuient pas, même si quelques fois je le désire si fort.

Ces heures exquises passées auprès de toi sont gravées dans mon corps et mon cœur. À tout jamais... TOUT SIMPLEMENT...

Ah tient ! Voilà que Jules me donne un gros coup de pied, mon ventre se meut à son rythme, formant comme de petites dunes de duvet de chaque côté de la ligne de grossesse. Et là subitement, je ressens les premières contractions. Oh non. Voilà qu'elles deviennent régulières, surgissant toutes les trois minutes !

S'il te plaît Jules, reste encore un peu au chaud... Au cas où papa reviendrait.

Septembre 2011.

Je suis installée avec lui dans ce restaurant « cosy » situé au centre-ville de Besançon. Enfin, il m'a invitée ! Il était temps !

Cela fait déjà plusieurs mois qu'on s'écrit via Messenger ou SMS, que l'on s'appelle, restant des heures ensemble à parler de tout et de rien. Mais à chaque échange, vocal comme écrit, je suis dans un tel état de félicité. C'est comme s'IL avait un pouvoir guérisseur, bienfaisant... En attendant, ces heures passées tous les deux me procurent un plaisir infini.

Enfin un homme qui me donne du plaisir rien qu'avec des mots !!!

Les heures défilent à toute allure... Comme j'aimerais que le temps soit suspendu afin de savourer plus en profondeur notre discussion. Je suis semblable à une poupée de cire qui ne bouge pas, totalement absorbée par son maître, qui lui, est bien humain. Je voudrais tellement lui appartenir... Sans lui, je ressens un tel vide...

Je me sens toute petite, toute fragile, avec un réel besoin de me lover contre lui. Alors qu'avec lui, je retrouve cette confiance en moi, ce tempérament de guerrière.

Patience, votre relation vient tout juste de commencer... Les heures, les semaines, les mois à venir seront dès lors merveilleux...

Janvier 2014.

— Élisa c'est merveilleux ! Tu pouvais pas me faire plus beau cadeau !!! Je vais être papa !!!

— C'est vrai tu es heureux ? C'était pas prévu tu sais... Je n'explique pas comment cela a pu arriver...

Louis me serre dans ses bras, m'embrassant le front avec engouement. Je crois que j'ai fait un heureux. Voilà, notre passion, notre amour véritable a décidé d'éclore sous la forme initiale d'un fœtus de 3 semaines. J'ai découvert il y a quelques jours que je cohabitais avec le fruit de notre amour. Les miracles existent bel et bien... Eh oui, je ne pouvais pas avoir d'enfant.

— Élisa, veux-tu m'épouser ? Me demande mon loup, tout en se baissant, me tenant délicatement la main.

Je crois que je suis en train de rêver... Est-ce possible d'être béate à ce point ? Moi qui suis fan des films à l'eau de rose, se peut-il que je vive une telle histoire d'amour ? Deux miracles en une heure viennent de se produire ; Une annonce de grossesse porteuse de messages d'espoir et d'amour, ainsi qu'une demande en mariage par l'homme de ma vie…

Oui, les miracles existent… Il suffit d'y croire.

De nos jours.

Les frissons me sortent de ma nostalgie. À ce moment-là, Baptiste, un de mes amis me rejoint avec un garçonnet aux grands yeux bleus, Jules. Je crois que Baptiste éprouve des sentiments autres que de l'amitié à mon égard. Il s'occupe de mon fils comme s'il était le sien.
Depuis la disparition de Louis, j'accepte les élans d'amitié, les aides, les messages de sympathie. Lorsque mon petit cœur est né, j'ai sombré lentement dans la dépression, me sentant incapable d'élever seule un bébé. Son père était tout pour moi.
Il m'a métamorphosée, et cela positivement. Grâce à lui, je suis devenue une femme confiante, bienveillante, altruiste. Il m'a fait partager sa passion de la musique.
Depuis, je joue du violon à merveille, participant à de nombreuses manifestations, se déroulant la plupart du temps en Franche-Comté… Je m'y rends toujours accompagnée de Jules et bien souvent de Baptiste.

Quand les notes parcourent mon corps… Ton visage m'apparaît…

Mon fils qui marche depuis peu, me saute dans les bras un instant, puis s'en va s'extasier des magnifiques oiseaux blancs, avec Baptiste à ses trousses, au cas où il aurait la bonne idée de plonger dans l'eau. Tous les trois nous avançons près de la rive, Baptiste pense à tout, ayant amené quelques morceaux de pain rassis pour les jeter dans l'eau et pouvoir appâter les cygnes. Jules et lui rient aux éclats, heureux d'attirer l'attention… Moi je souris…

Se peut-il que je sois en train de construire une nouvelle famille ?

Juillet 2014.

Il y a une semaine, nous avons passé la plus belle des soirées. Louis nous avait fait couler un bain chaud, parfumé aux huiles essentielles à la lavande pour une ambiance relaxante. Il avait entreposé, ici et là, des bougies pour une ambiance tamisée et romantique.

Mon loup, comme je t'aime tellement… Bientôt nous serons trois… Béats et unis pour la vie.

Une fois nos corps immergés dans cette onde ardente, il avait caressé mon ventre arrondi me promettant de me rendre heureuse le plus longtemps possible. Je ne pensais pas qu'on pouvait aimer et être aimée à ce point. Bien évidemment, une fois sortis de l'eau, nous avons fait célébrer notre union comme il se doit.

Avec Louis, je passe des moments merveilleux, exceptionnels, incroyables, exquis… Je n'ai jamais connu de tels sentiments, de telles émotions.

Avec toi je vis l'instant présent... TOUT SIMPLEMENT[3].

Mais là, je suis inquiète et tourmentée, je n'ai plus aucune nouvelle de lui. Il ne répond plus à mes appels, ni mes messages ; il ne se connecte plus sur les réseaux sociaux... Je ne sais pas où il est, ni ce qu'il fait. Il lui est forcément arrivé quelque chose...

Il faut que j'arrête de penser négativement, car le négatif amène du négatif, donc stop !!!

J'ai donc averti la gendarmerie afin qu'une enquête soit ouverte. Je n'ai plus qu'à attendre, espérer qu'il me revienne, sain et sauf...

****

De nos jours,

Je l'observe, elle est tellement belle ; depuis ces derniers mois, elle n'a pas changé. Et lui, qu'il est merveilleux ! Il lui ressemble je trouve, les mêmes mimiques qu'elle ! J'ai appris qu'il s'appelait Jules, elle a respecté mon choix.

Comme je l'aime.

Ai-je le droit de resurgir dans sa vie ? Visiblement, elle a tourné la page. Elle est avec lui depuis des semaines, ayant l'air complice. Et son sourire ! Elle irradie toujours autant de bonheur.

Non je n'ai pas le droit de lui faire ça et de chambouler sa vie.

_____

[3] Fait référence à mon premier livre, édité en 2017

Pourquoi ai-je tout quitté ? Pourquoi est-ce que je les ai laissés ? L'amour est tellement une source de bien-être et de joie… Mais il effraie parfois.

J'avais tout pour être heureux, et surtout je l'avais trouvé ELLE… Mon Élisa…

Dès le premier regard, je suis tombé amoureux d'elle. Déjà à ce moment-là, je n'étais pas prêt ; tout du moins c'est ce que je pensais.

Je voulais vraiment prendre le temps de conquérir son cœur, de bien la connaître avant, afin d'être sûr que c'était elle la femme de ma vie.

Et quand nos cœurs et nos corps se sont liés, j'ai su que j'avais trouvé ma moitié, mon double. Lorsque notre amour a fait naître ce bébé miracle, j'ai su que c'était là ma destinée.

Et puis, peu de temps avant notre mariage, j'ai pris la poudre d'escampette, apeuré, pensant ne pas être à la hauteur de ses espérances… Il était plus facile pour moi de quitter le pays et de faire le mort. ERREUR !

Je n'ai jamais cessé de penser à elle… À lui… Que je suis stupide !!!

Je suis là, debout derrière ce chêne à observer la femme de ma vie nourrir les cygnes avec mon enfant, qui tient la main de cet inconnu. J'ai le cœur blessé comme si cet organe était entre deux étaux qu'on resserrait lentement.

Que ça fait mal !!!

Soudain, Élisa s'écarte de Jules et de l'homme, remontant paisiblement l'allée parsemée de petits cailloux blancs. Elle n'est qu'à quelques mètres de moi. Dois-je l'approcher ? Lui faire deviner ma présence ?

Non, Louis, tu n'en as pas le droit... C'est trop tard... Il fallait te réveiller avant.

****

Jules a soif. Je décide donc de remonter l'allée pour me rendre à mon domicile, situé à 500 mètres du parc et ramener une bouteille d'eau. Mon garçon reste auprès de Baptiste et des cygnes. Cela me permet de replonger dans mes souvenirs du passé.

J'aurais tellement voulu vivre ces instants avec toi...

Trébuchant sur un caillou plus gros que les autres, je manque de m'effondrer au sol. Soudain, j'entends un bruit essoufflé, comme la caresse d'un vent, émanant de derrière le bosquet, caressant le paysage floral. Je suis sûre d'être observée... J'ai un sixième sens.

Non j'ai dû rêver...

Je continue mon chemin mais une petite voix dans ma tête me souffle de me rendre du côté de ce massif pour m'assurer de ne pas être épiée. C'est alors que j'aperçois au loin, la silhouette d'un homme tentant de se cacher derrière un chêne majestueux... Il me semble le connaître... Je suis attirée par cette forme, cette aura, cette odeur... Qu'il me semble reconnaître... Se peut-il que ce soit lui ?

Je m'avance plus rapidement, courant presque. L'homme est en train de partir dans l'autre direction, adoptant une démarche saccadée.

Non s'il te plaît, ne pars pas une deuxième fois... Reviens-moi, reviens-nous...

****

Le garçonnet qui jetait de grosses miettes de pain dans l'eau distingua la silhouette de sa mère courir au loin. Pourquoi était-elle pressée ? Il attendait avec impatience qu'elle rapporte une bouteille pour assouvir sa soif. Mais elle avait l'air de vouloir s'échapper dans le parc situé à l'opposé de la berge.

Baptiste comprit que l'attention de l'enfant était captée par une scène se déroulant derrière eux. L'homme suivit les yeux de Jules pour vérifier ce qui le tourmentait.

Il aperçut alors l'objet de son désir qui poursuivait un inconnu. L'autre homme semblait ne pas vouloir se retourner, faisant mine de ne pas l'entendre, ni de la voir d'ailleurs.

Baptiste sut à cet instant précis qui était cet inconnu et comprit la raison de la traque d'Élisa. Il sentit alors une boule se former dans sa gorge, avec la désagréable sensation que l'histoire était terminée avant même d'avoir commencé.

Cette sensation se confirma quand au loin, la jeune femme saisit la main de l'homme, l'obligeant à s'arrêter puis se retourner...

Le temps s'était arrêté, les minutes étaient suspendues...

****

Dans ce parc, derrière ces arbres majestueux, deux silhouettes s'émerveillaient de leurs retrouvailles, se contemplant avec émoi, s'enserrant amoureusement. Leurs bouches communièrent alors somptueusement, comme pour rattraper ces mois, ces heures perdues... Appréciant avec délice leur goût de l'amour.

Un enfant les rejoint précipitamment, accompagné par un homme qui devant ce spectacle orchestré par tant d'émotion, préféra laisser sa place et partir, pour ne plus jamais revenir...

Il savait que les prières d'Élisa « reviens-moi, reviens-nous » ne lui étaient pas destinées...

« La vie à deux n'est possible quand lorsqu'on y croit fortement... Notre âme sœur est alors prête à venir à notre rencontre ».

Je voudrais voir la mer.

Mon père était aviateur, ma mère hôtesse de l'air. Ils se sont connus lors d'un vol direction les Caraïbes. Selon grand-père, ils sont tombés amoureux au premier regard. Ma mère était une femme magnifique : blonde sculpturale, aux cheveux longs et aux jambes fuselées. Mon père, était beaucoup plus âgé qu'elle, avec un faciès de gentleman grisonnant mais ô combien séduisant. J'ai hérité du regard gris de mon père et du visage angélique de ma mère. Ce n'est pas moi qui le dis, c'est grand-père.

Je n'ai pas eu la chance de les connaître car leur avion s'est écrasé quand j'avais 5 ans. Je n'ai que quelques bribes de souvenirs : des comptines racontées le soir par ma mère, des câlins offerts par mon père, des parties de dés auprès de la cheminée, au coin du feu. Pour le reste, mes mémoires se sont effacées au fil des jours, des mois puis des années. Est-ce mon esprit qui m'a joué des tours ? Est-ce que ce sont des souvenirs n'ayant finalement jamais existé ?
Je ne le saurais sûrement jamais. Je préfère garder le peu de ces faits dans un espace de ma tête, un tiroir de mon cerveau. Un tiroir bien fermé que je m'autoriserais peut-être un jour à ouvrir. Pour l'heure je laisse le cadenas fermé à double tour, ce n'est pas le moment.

Mes parents sont partis pour d'autres horizons il y a un peu moins de vingt ans, j'ai appris à vivre sans eux, me construisant comme un château de cartes, jour après jour, en prenant le soin de ne faire tomber aucune carte, au risque que le château s'écroule !

Aujourd'hui, je suis assise sur un banc, dans ce parc verdoyant faisant face à la mer. J'observe les mouettes qui s'amusent à faire des pirouettes, des figures, narguant ainsi les rayons de ce somptueux soleil. Pas un nuage perturbe ce doux paysage estival. Pas un seul bruit. Je suis seule face à ce calme apaisant, ressourçant. Je pense que je ne vais pas tarder à m'assoupir, la fatigue est normale dans mon état ; alors je décide de m'allonger sur le banc et de fermer les paupières, et j'écoute mon souffle, ma respiration... Que c'est bon...

 Je voudrais voir la mer et ses plages d'argent
Et ses falaises blanches, fières dans le vent
Je voudrais voir la mer et ses oiseaux de lune
Et ses chevaux de brume et ses poissons volants[4]

J'entends un léger bruit, comme un clapotis ou une vague qui se fracasse contre les rochers. Je me redresse péniblement, mon dos me fait terriblement mal et les jambes sont d'une lourdeur ! grrr !

Une fois assise, je fais face à cette immense ondée bleue et je cherche d'où vient ce bruit des plus relaxant et énigmatique... Ça y est j'ai trouvé !

---

[4] Chanson de Michel Rivard.

Il provient d'une bouteille transparente, sûrement en verre, qui se balance et danse au rythme des mouvements de l'eau. Je me lève tout en enlevant instinctivement mes sandales pour sentir le sable chaud sous mes pieds. Que c'est bon de marcher pieds nus et de sentir ces grains masser les voûtes plantaires.

Les secondes auparavant semblent être loin, très loin derrière, j'oublie cette vague de tristesse et de mélancolie. C'est tellement agréable ces sensations soudainement éprouvées. L'eau a cette capacité de me faire oublier mes vieux démons. Cette communion avec mère nature a ce don de m'apaiser et de me rebooster ; ces instants méditatifs font leur preuve depuis quelques années déjà.

 Je voudrais voir la mer quand elle est un miroir
Où passent sans se voir des nuages de laine
Et les soirs de tempête dans la colère du ciel
Entendre une baleine appeler son amour

Mon regard suit cette mystérieuse bouteille, puis se fixe soudain sur une forme rectangulaire blanche, posée à l'intérieur du verre. Une mouette lui tourne autour en criant ou chantant peut-être bien ? Je m'approche de l'écume, le sable collé à mes pieds disparaît pour laisser sa place au liquide transparent procurant alors une certaine fraîcheur ; puis j'avance lentement dans l'eau pour tenter de récupérer cette fameuse bouteille, mais surtout regarder à l'intérieur.

C'est assez déconcertant je ne saurai dire combien de minute je suis dans cette onde ni depuis combien de temps je marche le corps immergé de moitié. Le temps semble s'être arrêté et je suis bien... Vraiment très bien... Je me sens sereine et heureuse. Le pouvoir "gai-riseur" de cette eau est impressionnant !

 Je voudrais voir la mer avaler un navire
Son or et ses canons pour entendre le rire
De cent millions d'enfants qui n'ont pas peur de l'eau
Qui ont envie de vivre sans tenir un drapeau

J'arrive enfin à l'endroit où semble danser le récipient en verre puis je l'attrape avant qu'une mouette vienne se poser dessus. Je n'ai aucun mal à sortir le bout de papier car il n'y a pas de bouchon en liège ; la bouteille de vin (a priori un grand cru) est ouverte. Le papier est légèrement déchiré sur les côtés mais chose étonnante, il n'est pas entièrement mouillé. L'encre bleue est épaisse sur les débuts et fin de phrases ayant coulé, mais c'est tout... Incroyable !

Je ne sais pas pourquoi mais je sens que ce mot m'est adressée... La mouette, qui tournait quelques instants auparavant, s'est posée sur un rocher situé en face de moi et me fixe intensément de ses petits yeux noirs, bougeant son long bec orange comme si elle me parlait.

Je ne sais pas pourquoi mais je sens qu'elle veut me dire quelque chose...

Quelles sensations bizarres ! Mon dos ne me fait plus mal, mes jambes sont légères, je me sens comme un poids plume dans cet immense bain paradisiaque. Je me sens divinement à ma place, alors je décide de lire le bout de papier, encouragée par ma nouvelle amie à plumes blanches et grises.

"Laura, nous sommes fiers de toi...
De là-haut, nous veillons sur toi.
Nous sommes heureux de voir à quel point
tu es devenue cette belle jeune femme.
Laura, tu es notre ange... notre amour.
Ne nous en veux pas d'être partis.
Nous savons que tu portes la vie
Nous veillerons sur lui aussi.
Tu seras une maman merveilleuse.
Aie confiance en toi.
Garde toujours le cap de la vie
et quand tu doutes, parle nous ...
Nous serons toujours avec toi... avec vous trois
Papa et maman."

Je sens alors une larme chaude couler sur ma joue droite... Je le sentais depuis un moment que j'aurai un signe, un message de leurs parts. De si loin qu'ils sont, ils veillent bien sur moi et mon futur bébé.

Alors je sens un petit coup de pied qui me sort de mon bouleversement. Bébé a décidé de montrer que lui aussi est là, bien vivant et bientôt prêt à montrer son minuscule minois.

— Laura, que fais-tu ? Viens me rejoindre tu vas attraper froid ! Me hurle mon amoureux, apparemment inquiet.

Alors je le rejoins, un léger sourire dessiné sur mes lèvres. Mickaël m'avoue qu'il est tard et que le soleil est prêt à s'effacer. Waouh ! Il est déjà cette heure-là, je n'ai vraiment pas vu les heures défiler ! Je raconte à mon mari ma demi-journée et surtout, je lui fais lire la mystérieuse lettre…

 Alors du fond de moi se lève un vent du large
Aussi fort que l'orage, aussi doux qu'un amour
Et l'océan m'appelle d'une voix de velours
Et dessine en mon corps
Le mouvant, le mouvant de la vague
Je voudrais voir la mer

Mon amoureux sourit et me serre dans ses bras en murmurant qu'il m'aime et que lui aussi est fier de moi ; il n'a pas l'air étonné, ni surpris de ce mot qui a surgi de nulle part, et qui aurait été rédigé par feu mes parents… Bizarre ?

****

Le soir, 22 h 22,

— C'est bon Laura a bien réceptionné votre mot. Je la vois enfin sourire de nouveau. Merci d'avoir eu cette merveilleuse idée. J'espère que ça la sortira de sa déprime, répondit Mickaël.

— Oh quel soulagement ! C'est un petit mensonge pour un nouveau départ dans sa vie. Elle avait besoin de savoir qu'elle n'était pas seule. Elle a peur de reproduire le schéma et de laisser votre enfant sans maman...

Les grands-parents de Laura raccrochent le téléphone, visiblement soulagés. Leur petite-fille pourra prendre un nouveau départ avec son mari, moins angoissée et plus confiante quant à son avenir.

Laura quant à elle avait rejoint depuis plusieurs minutes les bras de Morphée. Son mari la contemplait, elle avait encore son doux sourire dessiné au milieu de son visage angélique. Sa respiration avait repris sa course sereine contrairement à son gros ventre qui, lui, semblait avoir freiné la sienne. Le bébé et la maman étaient entourés d'une belle énergie protectrice, une belle lumière de sérénité... Et elle songeait :

La jeune femme porte une belle robe blanche, un bébé dans ses bras et courre avec lui sur le sable chaud. Derrière eux, Mickaël. Le couple rit à gorge déployée tandis que leur garçon reste lové contre les seins de sa mère.

Dans le ciel, deux visages les observent avec amour. On distingue celui d'une magnifique femme blonde aux cheveux longs. Laura se sentant épiée, lève les yeux au ciel, heureuse.

Peu à peu les ombres lumineuses s'effacent… Pour laisser les nuages emplir de nouveau le doux paysage.

Au final, le mot était une mascarade ô combien exquise… Ou peut-être pas ? Car ces visages angéliques semblaient réels… Et ils étaient sûrs d'avoir orchestré divinement cette scène de… Là-haut… Ou depuis le regard amusé d'une mouette… Tout simplement…

Je voudrais voir la mer
Et danser avec elle pour défier la mort
Je voudrais voir la mer
Et danser avec elle pour défier la mort

« L'amour c'est l'aile que Dieu a donné à l'homme pour monter jusqu'à lui. » Michel Ange

Pierrette

En mémoire de mon grand-père et de sa sœur.

Été 1969.

Pierrette sentait son cœur accélérer sa course. Elle était à la fois impatiente et angoissée à l'idée de le retrouver. Trente ans, séparée de lui. Trente ans d'incertitude. Trente ans de dur labeur. Trente ans de souffrance. Trente ans gâchés par ce lourd secret. Elle attendait dans la galerie sud de l'Abbaye de Luxeuil-les-Bains, appuyée contre le mur épais en grès rose des Vosges, qui la rafraîchissait, empêchant le soleil de l'inonder de ses rayons chauds. Et dire qu'il avait vécu non loin d'elle, à Montbéliard. Et dire qu'il ne connaissait pas son existence avant leurs échanges de courriers. C'est aujourd'hui qu'ils allaient se retrouver, ici même, là où on les avait séparés trente ans auparavant.

Hiver 1941.

Des hurlements se faisaient entendre dans les galeries du cloître de l'Abbaye. Deux hommes conversaient bruyamment tandis qu'une jeune femme pleurait, accroupie sur les pavés humides, le visage posé contre le cœur d'une fillette de deux ans. L'enfant, stoïque, ne lâchait pas sa peluche usée. Ses bouclettes blondes dansaient sur ses épaules, fouettées par le vent glacial ; tandis que des gouttes d'eau sautaient sur les tuiles du monument médiéval. Après quelques minutes, la jeune femme, tirée par le bras d'un des deux hommes, embrassa son enfant une dernière fois sur le front. La fillette regarda le couple partir, serrant contre ses joues sa peluche. L'autre homme saisit ardemment son poignet, l'obligeant à le suivre dans la cour.

Hiver 1967.

Pierrette sortait de la mairie, les joues inondées par des larmes de joie. Enfin, après toutes ces années de recherche, elle l'avait retrouvé ! Au moment où elle avait eu envie de baisser les bras, elle était tombée sur l'acte civil de Pierre. Il vivait seulement à quelques heures de chez elle. Preuve écrite sur ce document !

Elle allait enfin pouvoir lui écrire et prier pour qu'il accepte de la rencontrer. À cette pensée, les poils de ses bras se hérissèrent un à un ; les battements de son cœur s'affolèrent, ses joues séchèrent, faisant apparaître une jolie couleur rouge. Elle atteignait enfin son but.

Printemps 1968.

Pierre déchira l'enveloppe sur laquelle était écrite son adresse, avec une jolie plume à l'encre bleue. Son épouse, Jeannine, l'observait du coin de l'œil. Au fil des minutes, elle remarqua son expression changer : il avait le regard soucieux, puis les traits de son visage s'adoucirent pour laisser apparaître une pluie de larmes.

— Jeannine, j'ai une petite sœur ! Annonça-t-il à son épouse, en posant le courrier sur la table de la cuisine.

De nos jours…

Pierrette marchait le long de l'allée en graviers pour saluer une dernière fois son frère. Le soleil allait bientôt terminer son voyage derrière les sépultures et laisser les milliers de corps dormir paisiblement dans le cimetière de Luxeuil. Elle s'agenouilla devant lui, déposant un joli bouquet de roses rouges (ses préférées).

— Je vais bientôt te rejoindre Pierre, je suis fatiguée, ma vie n'a plus de sens depuis que vous n'êtes plus là, lui murmura-t-elle.

Alors elle repensa à ces lourds souvenirs. Ses parents l'avaient abandonnée par manque de moyens. Ballottée de famille d'accueil en famille d'accueil, Pierrette avait toujours été la « Causette » jusqu'à ses 18 ans où elle tomba éperdument amoureuse de celui qui allait devenir son mari. Afin de pouvoir construire sa propre famille, elle avait ressenti le besoin de découvrir ses racines. Plusieurs mois après, elle apprenait qu'elle avait un frère, à peine plus âgé qu'elle : Pierre.

Sa deuxième vie avait commencé à partir de ce moment-là, ponctuant son histoire de longues recherches et de magnifiques retrouvailles. Aujourd'hui, Pierrette était fatiguée. Plus rien ne la retenait puisque sa mission sur terre était terminée. Elle avait retrouvé Pierre et sa famille, passant de beaux moments de partage. Son mari avait rejoint les anges quelques années auparavant, tout comme son frère et Jeannine. Pierrette n'eut jamais d'enfant, certainement parce qu'elle avait trouvé un autre sens à sa vie ? Dieu seul sait…

Un deuxième secret qu'elle souhaitait emporter avec elle…
Son prochain voyage étant désormais programmé.

Nouvelle inspirée d'une histoire vraie et ayant reçu le prix littéraire ACAI par la ville de Luxeuil-les-Bains en septembre 2019.

Vole, vole...

Ana se leva avec un mal de tête atroce. Dans la pièce, tout semblait tourner, aussi bien les murs que le plafond, la commode tremblait et la regardait avec effroi, ses poignées la provoquaient lui jetant des regards assassins. Le soleil tentait d'inonder la chambre de ses faisceaux lumineux pour redonner un brin de vie... Sans résultat.

Aucun bruit ne venait perturber l'ambiance maussade de ce matin. Les oiseaux occupant le bois en face de la maison semblaient endormis. Et Lutin jouait à cache-cache avec sa maîtresse.

« Où est-il passé encore celui-ci ? » se demanda la jeune femme. La journée s'annonçait particulièrement morose.

Alors, elle se dirigea vers la salle de bains afin de prendre une douche et ainsi s'échapper de ce sommeil persévérant.

Elle savoura cette communion avec l'eau bienfaitrice ; aucune pensée ne parasitait son esprit... Non elle était bien. Ses yeux étaient fermés et pourtant des images flottaient autour d'elle. Elle ne remarqua pas le papillon jaune voletant au-dessus d'elle, résistant aux gouttes d'eau jaillissant lourdement de la pomme de douche.

Au bout de trente minutes, Ana dormait encore debout dans cette cabine exiguë, toutefois animée grâce à la danse du vertébré au rythme des cascades d'eau.

Une osmose céleste et lumineuse régnait ici malgré un sommeil incertain.

Les minutes de relaxation s'ajoutaient une à une au ballet afin d'accélérer le rythme en pleine conscience. Ana continuait sa plongée au pays de la douceur comme si elle nageait dans un océan de plénitude.

Plusieurs minutes plus tard, la jeune femme referma le robinet, stoppant ainsi les cascades d'eau. Le papillon jaune s'envola de la cabine tandis que la mousse aux doux effluves floraux terminait son périple dans le siphon.

Ana sortit de la douche puis s'observa dans le miroir posé au-dessus de deux vasques. Malgré cette connexion avec la déesse de l'eau, elle restait pâle, même ses taches de rousseur se distinguaient peu. Bizarre.

« Un peu de blush pour une meilleure mine ! » pensa-t-elle.

Elle se maquilla légèrement les yeux et le visage puis releva sauvagement ses longs cheveux flamboyants. Tout en contemplant son travail elle entendit une voix lui murmurer :

« Tu es aussi belle que Mérida »

D'où venait cette phrase ? Était-ce sa petite voix intérieure ? Hum, cela sonnait plutôt comme une parole déjà entendue, comme un vague souvenir. Bizarre.

Elle sortit de la salle d'eau puis se mit à chercher Lutin. Elle regarda dans sa chambre, puis sous la table du salon, sous les coussins du canapé et dans les deux autres chambres habituellement fermées à clef. Aucune présence de la petite boule de poils, rousse. Bizarre.

****

Thomas repensait à ce jour fabuleux... Il serrait sa femme dans ses bras ; elle venait juste de lui dire « oui ». Il venait de lever son voile blanc qu'il avait fait descendre sur ses épaules nues.

Ça y était ! Ils étaient « mari et femme » ! Il avait plongé alors son regard dans ses yeux verts. Son regard pétillait tels des feux d'artifice dans la nuit noire. Ils s'étaient embrassés sous les applaudissements de la foule maintenant debout dans l'église. Les deux amants ne se préoccupaient déjà plus des personnes, aveuglés par leur tendre amour.

Thomas avait connu sa bienaimée lors d'une séance de dédicace, elle n'avait que 22 ans et sa carrière d'auteure débutait de façon fulgurante. Une trilogie onirique avait vu le jour une année auparavant sur un blog, rassemblant alors de fidèles fans. Le jeune homme avait été fasciné par cette « plume » fantastique, si bien qu'il suivait textuellement l'aventure littéraire sur la toile.

Plusieurs mois plus tard, Danaé décrochait une édition de sa saga. Comment ne pas tomber amoureux des personnages mais plus encore de l'écrivaine ? Le jeune homme, informaticien de métier, passait son temps sur les ordinateurs et à heures perdues suivait l'idylle de Michaël et Uria, deux Anges amoureux malgré les forces du Mal. Un subtil mélange des ambiances du *Seigneur des anneaux* et de la saga *Game Of Thrones*.

En ce fameux jour de printemps, Thomas ne put faire autrement que de se rendre dans cette librairie parisienne pour venir se faire dédicacer *Les forces du bien* par la sublime Danaé.

C'est ainsi que l'échange se poursuivit via le blog de la jeune femme, puis un dîner aux chandelles. Six mois plus tard, leur premier baiser fut échangé pour le plus grand bonheur de Thomas. Un doux baiser aux effluves sucrés.

****

Ana s'allongea sur le divan et fixa l'écran noir du poste de télévision. Aucun bruit ne parasitait sa quiétude. Elle était seule dans cette pièce aux tons pastel. Pourtant, elle sentait une présence... Était-ce Lutin qui jouait à cachecache ? La boule de poils avait l'air d'être experte au jeu du chat et de la souris (ce qui tombait bien pour un chaton). Depuis des heures maintenant qu'il était nulle part. Bizarre.

Soudain, la jeune femme entendit un choc dans la vitre de la fenêtre située au-dessus du canapé. Elle se releva péniblement, avec la sensation que sa tête allait exploser et vérifia ce qu'il venait de se passer : un corbeau venait de foncer dans la fenêtre, accélérant ainsi la fin de son voyage sur terre. Un oiseau noir baignant dans un océan de lumière. Bizarre.

Ana ouvrit les carreaux et découvrit une enveloppe sur le rebord renfermant un bout de papier portant une étrange inscription :

« Je t'aime, reviens-nous ».

— Qu'est-ce que cela ? Qui a écrit ce mot ? Se demanda-t-elle.

Ana reprit sa place sur le fauteuil puis étendit ses jambes sur la table basse, tout en observant le drôle de papier. Des pensées commencèrent alors à envahir son esprit comme si une centaine de poissons tournaient dans un aquarium bien trop petit pour eux.

« Je me sens si seule ».

Aucune visite ces derniers temps, aucun appel, aucun amoureux à l'horizon. RIEN.

Elle comprit tristement que dans sa vie, c'était le flou total, le néant. Elle n'avait aucun souvenir. RIEN.

D'ailleurs, à quand remontait une dernière visite ? Depuis combien de temps ne s'était-elle pas rendue à son bureau pour satisfaire des curiosités ? Depuis combien de temps était-elle véritablement seule ? Depuis bien trop longtemps.

****

— C'est un garçon, annonça l'échographe aux heureux parents.

Thomas se remémora ce doux souvenir. Quelle joie il avait éprouvé ce jour-là !

Danaé était tombée rapidement enceinte après leurs noces. Ce bébé, ils en avaient envie depuis des mois. Ce bébé était la suite logique de leur tendre relation. Ce bébé était le fruit sucré de leur amour.

Ils savaient qu'ils allaient donner tout leur amour à cet enfant, en étant persuadés qu'il en resterait énormément pour eux deux. L'amour est contagieux, c'est une énergie qui ne se consomme pas mais se multiplie. Le nourrisson était potelé avec plein de cheveux roux.

— C'est pour ça que j'avais tout le temps le hoquet ! Avait plaisanté Danaé tout en serrant son bébé contre elle.

Cet été-là, c'était leur troisième plus beau jour de leur vie.

Thomas se souvint encore de l'éclat dans le regard de sa femme. Il n'avait pas su dire si c'était une lueur de joie, de fierté ou de soulagement. Sûrement les trois à la fois ! C'était dans tous les cas un cocktail détonant d'amour !

Au fil des années, Téo grandit avec cet amour indéfectible. Le garçon fut un bébé calme, souriant. Comment ne pas l'être quand on ressent tellement l'amour de ses parents ?

Il devint ensuite un petit garçon éveillé, débrouillard, passant son temps dehors à courir après les papillons, à cueillir des coquelicots ou des pâquerettes, et à grimper dans les arbres.

Aujourd'hui, Thomas était certain d'une chose : malgré la dure épreuve qu'ils traversaient actuellement, il aimait profondément Danaé et leur enfant chéri en était un superbe témoignage vivant, chaque jour que Dieu fasse.

****

Ana se coucha enfin après des heures de lassitude. Elle ne savait pas exactement combien d'heures s'étaient écoulées depuis son réveil atonique. Elle ne savait pas non plus quelle avait été la météo, puisqu'elle n'avait pas mis le nez dehors. Elle ne savait pas non plus où était passé Lutin. Bizarre.

Ce qu'elle savait en revanche, c'est qu'elle était extrêmement fatiguée comme si elle était anesthésiée… Elle se sentait si lasse, si seule, si triste…

Ainsi, elle ne regretta nullement de se coucher en se plongeant dans de magnifiques rêves. Au moins, elle s'endormit paisiblement, se voyant dans une somptueuse vallée fleurie, portant une longue robe blanche comme elle en avait toujours rêvé… Une simple robe bohème.

Sa longue chevelure nattée surmontée d'une couronne de fleurs dansait sur ses épaules. Alors, elle s'arrêta pour humer le doux parfum des coquelicots, des boutons d'or et des pâquerettes qui l'encerclaient. Elle baignait dans une atmosphère apaisante, parvenant à sentir la chaleur du soleil, prisonnière de l'herbe sur laquelle elle dansait à pieds nus.

Un tel bonheur enivrait ses sens ! Elle tournoyait, virevoltait, sautillait, riait ! Le soleil lui caressait la peau, réchauffant peu à peu son visage angélique pourtant si pâle quelques heures auparavant, réchauffant ses bras nus. Ses taches de rousseur parvinrent à ressortir après cette métamorphose revigorante. L'astre céleste lui conféra cet air de princesse guerrière nommée Mérida. Ana savourait ces sensations délicates et divines, acceptant tout cet amour qui pénétrait par ses pores.

Submergée dans cette osmose relaxante, elle ne remarqua pas immédiatement un homme s'approcher d'elle, vêtu d'un simple costume en lin. Elle ne distingua pas encore son visage… La silhouette était à quelques mètres d'elle, mais si floue. Un papillon jaune voletait autour de lui.

Cependant, elle ressentit une attraction soudaine, une alchimie à chaque pas qu'il effectuait dans sa direction. Visiblement, il était aussi à pieds nus. Il approcha lentement, semblant lui sourire.

Elle distingua certains traits de son visage, il avait les cheveux mi-longs d'un noir de jais, il était trapu… Ses yeux noisette la touchèrent particulièrement ; il la fixait avec un tel amour. Elle ne sut dire pourquoi, mais elle semblait le connaître depuis toujours.

Il arriva à quelques mètres d'elle. Sans savoir pour quelle raison, elle courut dans sa direction ; l'homme lui souriait avec bienveillance. Elle ne comprit pas pourquoi mais lorsqu'il lui caressa le visage, elle accueillit les douces sensations, tout en fermant ses yeux. Il avait la main si chaude, il sentait si bon. Pendant qu'elle se laissait toucher, savourant cette connexion céleste, le papillon se posa avec délicatesse sur sa tête.

****

Thomas lui caressait son joli visage ; même pâle, il la trouvait ravissante. N'était-ce pas là la signification de l'amour inconditionnel ? L'amour malgré les cailloux posés sur le chemin, empêchant d'avancer plus vite ?

— Mon ange, réveille-toi, lui murmura-t-il, les larmes se noyant à l'intérieur des yeux, contemplant la jolie rousse endormie, comme s'il visionnait la Belle au bois dormant.

Il repensa à l'accident : sa femme s'était endormie au volant de sa voiture, en rentrant d'une soirée de dédicace. Il se souvint encore lorsque les gendarmes avaient frappé à sa porte, tard cette nuit-là.

— Bonsoir, vous êtes M. Danton ?

— Oui. Que se passe-t-il, avait-il alors demandé la boule au ventre, devinant qu'une chose dramatique venait de se passer.

— Votre épouse a eu un grave accident sur l'A6.

Alors sans attendre que le gendarme termine sa phrase, il avait prévenu ses parents, leur demandant également de venir garder Téo pendant qu'il serait à l'hôpital.

Il n'avait pas pu voir sa femme durant des heures, victime de graves commotions.

C'était seulement 24 heures après, qu'il avait pu se rendre à son chevet, remarquant avec tristesse que les bandages et les perfusions le provoquaient, comme pour l'empêcher de vérifier que c'était bien son épouse qui était allongée devant lui. Pourtant, c'était bien elle... Son corps était là, son esprit quant à lui était parti visité d'autres univers.

Déjà trois mois que Danaé était dans le coma ; déjà trois mois que la peur de la perdre avait habiter insidieusement son esprit ; déjà trois mois que son cœur battait moins vite que d'ordinaire.

Soudain, il remarqua le drap blanc bouger légèrement, la main droite de sa femme semblait trembler ; se pouvait-il qu'elle se réveille enfin ?

— Infirmières ! Cria Thomas sans attendre une seconde de plus.

Deux blouses blanches arrivèrent rapidement au chevet de la jeune femme, Thomas restant sur ses gardes.

Danaé ouvrit avec difficulté ses yeux, faisant pianoter ses doigts sur le drap. Sa peau reprenait des couleurs, une lueur emplit ses yeux encore endormis, ses lèvres bougèrent légèrement.

— Je t'aime… Reviens-nous, réussit à prononcer Thomas avec une once d'espoir.

****

Ana se sentit divinement bien, elle ouvrit les yeux, remarquant alors le papillon jaune, danser au-dessus de sa tête depuis de longues minutes déjà, lui murmurant des choses, certes incompréhensibles mais édifiantes… Elle ne savait pas dire pourquoi… Bizarre.

Pendant cet instant guérisseur, le soleil l'aveugla de plus en plus, l'obligeant à fermer ses yeux à nouveau. Peu à peu, la fatigue disparut sous cette lumière éblouissante, ses joues s'enflammèrent pour prendre la même couleur que sa longue chevelure. Elle ne vit plus rien… Elle sentit simplement la chaleur céleste, ainsi qu'un doux effluve floral et sucré. Bizarre.

Elle avait l'impression d'être ailleurs, dans d'autres cieux, ou peut-être bien au paradis !

Une image surgit alors dans son esprit... Celle de l'homme... Son visage se distingua peu à peu... Elle le connaissait... Mais d'où ? Sa tête flottait au-dessus d'elle comme si elle était allongée et lui debout, devant elle. Bizarre.

Alors, elle ouvrit les yeux lentement, prenant le soin d'éviter que la lumière l'aveugle encore plus. Elle voulut juste vérifier si l'homme était bien là, à l'observer.

Le soleil fit place à une lumière tout à fait supportable. Elle bougea instinctivement ses doigts, puis ses mains, qui semblaient être posées sur un drap. Elle n'arriva pas à bouger la tête pour voir où elle était, comme si son cerveau n'était pas réellement connecté à son corps. Elle ressentit une certaine douleur au crâne comme si ce dernier était pris entre deux étaux. Elle remarqua alors qu'elle était dans une chambre avec l'homme à ses côtés.

— Mais où suis-je, parvint-elle à articuler.

— Tu es à l'hôpital mon ange, lui murmura l'inconnu.

— À l'hôpital ? Mais qui êtes-vous ? Lui demanda Ana.

Alors Thomas lui sourit, tout en lui repoussant une mèche rousse du front, gênant son analyse.

Une des deux infirmières l'entreprit à part afin de le rassurer sur la perte provisoire de la mémoire de son épouse. Il lui faudrait du temps pour que les briques de souvenirs reconstruisent la maison de son mental.

Elle l'appela à son chevet.

— On se connaît ? Demanda péniblement la jeune femme.

— Oui... Ne t'en fais pas Danaé, tu as tout le temps pour te souvenir.

— Je m'appelle Ana pas Danaé...

Il lui sourit. Ses souvenirs n'étaient pas réellement partis. Elle se souvenait déjà de son prénom... En revanche, le pseudo qu'elle empruntait pour écrire était quant à lui parti aux oubliettes.

Danaé ou Ana, peu importait désormais, le principal était qu'elle revienne dans le monde des vivants.

La jeune femme l'observa plus attentivement... C'était bien lui l'homme de ses rêves qui dansait à pieds nus, au milieu de la vallée. Son regard... Ses cheveux noirs... Ses mains... Son odeur sucrée... Elle remarqua alors un papillon jaune tatoué sur son poignet...

Pendant qu'elle le scrutait, un enfant rentra dans la pièce et sauta sur le lit avec engouement.

— Maman !

Thomas demanda à Téo de faire attention à ne pas être trop brutal car sa mère se réveillait lentement.

Qui était cet enfant ? Il était mignon... Il lui faisait penser à petit lutin avec ses taches de rousseur, sa petite taille et ses cheveux roux.

Elle semblait le connaître. Pourquoi l'appelait-il maman ? Décidément son rêve prenait une sacrée tournure.

C'est alors que le mal de tête disparut laissant sa place à un sentiment d'amour envahissant de nouveau son esprit ainsi que son corps...

Elle s'excusa auprès de l'homme et l'enfant.

— J'ai besoin de dormir encore un peu...

Ana ferma de nouveau ses yeux, emmenant les deux visages inconnus (ou connus). Elle voulait avoir certaines réponses à ses questions, elle devait revoir l'homme pour lui parler encore... Juste une dernière fois... Juste pour vérifier.

Vous avez un message.

 **SMS entre Lisa et Thomas**

Cc toi, enchantée de t'avoir
rencontré hier soir ! T'es choupinou ? .
Lisa (la rousse qui passe inaperçu) ? .
SMS du 03.03.2000. 11:21.

Salut charmante Lisa (tu vois j'me
souviens bien de toi et dc t'es pas
passée inaperçue:-).Jsp te revoir?
Thomas.

SMS du 05.03.2000. 12:27.

Oyé oyé ! Ici Lisa, la future
femme de votre vie lol ! Accepteriez-vous
une balade dans les calanques, éventuellement ce
WE ? Bien à vous.
SMS du 12.06.2000. 13:31.

Coucou ma belle Lisa. Joyeux anniversaire? ? ? ! Déjà 6 mois qu'on file le « perfect love » ! Quand est-ce que je pourrais te dire les 3 p'tits mots

SMS du 10.05.2001. 12:12

Peut-être en ce jour si spécial ? ? ? ? Rejoins moi à notre p'tit nid. J'ai un p'ti cadeau pour toi !

SMS du 10.05.2001. 13:43.

« Tristan », (c'est vrai que ça te va bien comme surnom), on est le couple « Tristan et Yseult » des temps modernes c'est clair. En ce moment j'ai l'impression qu'on est empoisonné par l'extérieur. Ces jaloux, ces moqueries... Je me sens comme une merde qd je suis avec tes amis. Je sais qu'ils m'apprécient pas. Alors les « 3 p'tit mots » ça peut attendre. Mais sinon je t'adore ?

SMS du 11.07.2001 21:21.

Mon Yseult, tu as raison et je vais remédier à ça. On a tout le temps pour embarquer sur le magnifique bateau qui nous attend pour nous mener vers le bonheur (c'est beau ce que j'écris qd même lol). Love (à défaut des 3 mots) ?

SMS du 12.07.2001. 09:35.

Thomas, Je suis désolée pour hier soir. Tu m'as dit « Je t'aime » mais je t'avais interdit de me le dire ! Tu sais combien mon p'tit coeur a souffert ! Tu sais que moi, je suis le genre de femme qui n'aime pas les mots doux ! Tu sais que d'habitude c'est moi qui tient la barre. Alors pardon d'avoir sauté par dessus bord. Tu n'avais aucun droit de faire chavirer notre navire, si paisible y'a encore quelques jours. Ce bateau, j'aime quand il navigue tranquillement sur les flots de notre vie. Ce bateau, je m'en fou qu'il soit solide ou non... du moment qu'il nous guide là où on est bien. Pourquoi avoir changé de direction le gouvernail ? Je m'excuse encore d'avoir stoppé notre traversée. J'espère que tu m'en voudras pas. Ton Yseult

SMS du 10.06.2002. 23:02

Lisa, je ne t'en veux pas. Je sais que ton coeur a connu des vents et marées tout comme notre navire ⛵ .
Alors je te propose un pacte pour me racheter. J'espère que tu vas l'accepter. Rejoins notre bateau au port initial. Tu sauras duquel je parle. Monte ensuite à bord. Je vais juste te demander une faveur. Quand tu seras à bord, ferme tes yeux. Je te les banderai avec le foulard rouge que tu m'as offert. Ensuite, tu n'auras qu'à te laisser guider. Je te promets aucune vague, aucun malaise. Tu n'auras qu'à profiter du voyage les yeux fermés (c'est le cas de le dire). Mon Yseult fais-moi confiance, tu ne le regretteras pas. Merci de me dire si tu acceptes ce drôle de deal ? Ton Tristan.

SMS du 11.06.2002. 1:00

OK.
SMS du 11.06.2002. 5H01.

Mon Tristan. Merci encore pour cette virée romantique. Je me serai crue dans un remake de « 50 nuances de Grey » en + romantique, certes ? . Je t'ai fais confiance et j'ai eu raison. Je suis d'accord pour continuer nous deux à condition que tu maintienne la vitesse de navigation ? . Ton Yseult.
SMS du 12.06.2002. 23:12.

55

Tu boudes lol ?
SMS du 13.06.2002. 10:23

Allo Ween ? Ici Trouille ?
SMS du 13.06.2002. 11:45.

Thomas ? Réponds, tu m'inquiètes. Jtm. Ton Yseult.
SMS du 13.06.2002. 12:21.

Thomas... qu'est-ce que tu me fais là ? J'ai tenté de te tél plein de fois aujourd'hui. Tu réponds jamais ? C'est quoi le problème ? On a passé une superbe journée hier. J'ai jamais été aussi bien avec un homme. Tu m'as demandé de te faire confiance... est-ce que je me trompe ? STP, rép moi.. je suis hyper inquiète.
SMS du 14.06.2002. 9:08

CC, déjà trois mois
que tu donnes plus de news...
ma fois, t'as tes raisons. Je suis allée
ds notre cocon hier. Ça m'a fait tout drôle
d'être là sans toi. J'observais la mer de notre
falaise... La vue est moins belle quand je suis
sans toi. Mon coeur pleure toujours. Pourquoi tu
m'as fait ça ? Comment veux-tu que je continue ?
J'ai plus la force de vivre.... stp rép moi. Ne fais
pas le con. Je suis en colère contre toi. Qui ne
le serais-pas ? Mais là j'ai besoin de te
parler de vive voix. C'est hyper
important. Lisa.
SMS du 20.09.2002. 21:54

Courrier envoyé par Louis

Cassis, le 1er juin 2019.

Bonjour,

Vous ne me connaissez pas. Pourtant, je tenais à vous écrire... Ma mère me disait toujours que la vie n'était pas un long fleuve tranquille. Je n'ai pu que constater ses dires quand j'ai découvert vos anciens échanges. Je suis à la fois mélancolique et en colère contre vous.

Du jour au lendemain, vous avez disparu de la « croisière ». Les raisons, vous ne lui avez jamais donné. Vous aviez sûrement vos raisons (désolé pour la répétition). Ma mère ne s'en est jamais remise. J'ai grandi auprès d'une femme au cœur meurtri. Sachez qu'elle n'a jamais redonné son cœur à un autre homme. D'ailleurs, elle ne me l'a pas donné non plus... Sûrement car je suis un homme ? Ou alors peut-être que je vous ressemble trop ? Eh oui... Vous avez compris... Je suis le fruit de votre amour... Un amour qui n'a pas tenu la traversée a priori.

Thomas, je ne vous connais pas. J'ai retrouvé des photos de vous, des lettres, des poèmes et des SMS que vous vous écriviez. Maintenant j'ai bientôt 18 ans et je suis seul. J'ai besoin de vous voir. Vous n'avez pas voulu reprendre contact avec elle, c'est votre choix et je le respecte.

Peut-être pourriez-vous changer votre fusil d'épaule et me rencontrer moi ? Je ne veux rien d'autre que vous « voir » et éventuellement percer les raisons qui vous ont poussé vers la sortie ? Je n'ai pas fait la démarche avant car je n'en ressentais pas le besoin... désormais ma mère est parti rejoindre elles anges.

Louis, fils de Tristan et Yseult. 06.87.44.09.65 (plus simple pour me joindre).

Messages de Louis et Emeline

Bonjour cher Louis, Je suis Emeline, ta tante. Accepterais-tu de me rencontrer ? Ma mère vient de me transmettre tes coordonnées. Je suis heureuse de savoir que j'ai un « neveu ». Je préfère discuter avec toi de vive voix, si tu n'y vois aucun inconvénient ? Ta maman avait malheureusement raison « la vie est loin d'être un long fleuve tranquille »... tu comprendras bientôt pourquoi je t'écris ça. Je peux me déplacer pour te voir. Dis-moi quand tu seras disponible stp ? Je me réjouis de voir ta bouille, d'autant plus si tu as des airs de mon frère. Je t'embrasse affectueusement.
SMS du 15.07.2019. 08:43.

Bjr Emeline, avec plaisir ? . Pourquoi pas le we prochain ? On se retrouve à l'endroit de mes parents, vers les calanques. Vous voyez de quoi je parle ?
Sms DU 15.07.2019. 11:21.

Cher Louis, je vois tout à fait et je me réjoui de te rencontrer. À la semaine prochaine. Je porterai une robe bleue. De toute façon, je te reconnaitrais. Je t'envoie ma photo au cas où. Bonne journée à toi.

Sms du 16.07.2019. 16:29.

Coucou tata... ça me fait bizarre de t'appeler comme ça lol. Je suis super heureux de t'avoir vu. Heureux mais surtout triste... ça te dit qu'on se revoit ? J'ai plus que toi et tes parents désormais. La vie est vrt drôle quand même : tu perds quelqu'un et te sens seul... et pis d'un coup tu te retrouves avec une famille. J'ai hâte de rencontrer mes cousins aussi. Ce qui me chagrine le plus c'est que maman et papa n'ont pas pu assister à tout ça.? ?

SMS du 21.07.2019. 07:43.

Mon p'tit Louis (hihi)

moi aussi je suis heureuse ? j'ai parlé de toi avec Bastien et Téo. Ils étaient étonnés d'apprendre qu'ils avait un cousin de leur âge.

Toutefois, ils sont extrêmement heureux ! Pour ce qui est de tes grands-parents, ils ont besoin de plus de temps... comme je t'ai expliqué, ils n'ont jamais eu connaissance de l'existence de Lisa, le grand amour de ton papa. Ils ont besoin de digérer l'information, comme je t'expliquais. Mais ne t'en fais pas, on sera bientôt tous réunis. Tu veux toujours habiter chez moi j'espère ? Je t'embrasse affectueusement.

SMS DU 17.07.2019. 21:42.

PLUS QUE JAMAIS ! À bientôt tata !
SMS du 22.07.2019. 21:45.

Super ! Comme promis je t'envoie par email l'article concernant le départ de ton papa... et qui explique tragiquement pourquoi il n'a jamais redonné signe de vie...
SMS du 22.07.2019. 09:54.

Article de journal du 12 juin 2012 envoyé à Louis par e-mail

De : *mline1652@yahoo.fr*
À : *ptitlouis@gmail.com*

Boîte réception : 22 juillet 2019

Coucou Louis, voici l'article dont je te parlais. J'espère que cela répondra à toutes tes interrogations. Deux anges viennent de se retrouver et prennent soin de toi de là-haut. L'histoire de « Tristan et Yseult » se poursuit sur terre. Je t'embrasse Ta tata.

https://www.midilibre/fr/20120612:dma-chute-mortelle-sur-la-route-cassis.47936.php

Un adolescent originaire a trouvé la mort ce matin après avoir chuté d'une falaise à Cassis. Les circonstances restent encore inconnues.

Allez reste encore un peu...

Estelle était assise sur le sable encore chaud en cette heure tardive. 21 h 30. Elle contemplait le mouvement des vagues. Celles-ci s'échouaient contre les rochers qui semblaient les défier malgré leur taille ridicule. Le bruit était si fracassant qu'elle n'entendait même pas le chant des mouettes dansant au-dessus du combat des flots et des récifs. Contemplative de cette danse entre Dame Nature et le Dieu de l'océan, elle se remémorait ces doux souvenirs. Toutes ses pensées voyageaient avec LUI. Elle se souvenait des traits de son visage. Elle pouvait les peindre avec précision tellement son faciès hantait son esprit depuis toutes ces années.

Et sa voix ! *Quelle voix, il avait* !

Elle entendait encore les sons s'exhalant de sa bouche, à la fois rocailleux et suaves, et qui poursuivaient leur mission d'en-chanter les âmes. IL chantait merveilleusement bien !

En plus de gratter sa guitare en bois, il ne faisait pas que jouer des accords, des sons, des bruits. NON. Il osait exprimer son talent grâce aux sons jaillissant de sa gorge. Il avait ce don de faire vivre ses histoires, ses passions et ses rêves de jeune homme, à travers ses mains et son buste, avec un style poétique et harmonieux.

IL ne jouait ni ne chantait pour la gloire. Il vibrait au son de ses envies pour détendre son esprit et s'évader autrement. Cette distraction de l'esprit se poursuivait alors par une méditation en musique. Cette recette de contemplation musicale et de lâcher prise était mijotée avec ivresse et implication. Et puis la recette idéale se transforma en addiction. C'était à partir de là qu'il décida de prendre de la distance et de tromper Estelle...

Allez reste, allez reste encore un peu
Toi et moi devenir vieux, allez reste
Allez reste encore un peu
Toi et moi faire au mieux, allez reste
Allez reste encore un peu

Elle se souvenait de cette période encore douloureuse pour elle. Il avait préféré la suivre, ELLE, cette maîtresse tenace et vivace. Elle hantait le corps et l'esprit de son amant, jour et nuit. Elle se souvint alors de leur rencontre si romantique et si inattendue.

Ce soir-là, Tom, était éperdument tombé amoureux d'elle. *C'était en tout cas ce qu'il lui avait fait comprendre plusieurs mois après.* Instantanément, la flèche de cupidon avait transpercé leurs deux cœurs.

Ce soir-là, il avait posé sa guitare et avait poursuivi la chansonnette pour lui expédier son amour en lettre recommandée. Estelle avait accusé réception très rapidement, signant leur futur amour avec un bonheur ardent.

Les lettres dictées par leurs émotions et leurs sentiments continuèrent d'enflammer leurs sens pendant plusieurs jours, plusieurs mois, puis années.

Estelle se souvenait des paroles de son amoureux :

— Quelle immensité, quelle beauté…

Tom ne pouvait s'empêcher de prononcer ces paroles lorsqu'ils contemplaient tous les deux, les couchers de soleil, enlacés sur la plage.

Leur amour fut abrité dans un doux cocon qui n'était autre que le confortable appartement d'Estelle. Elle avait accueilli son amoureux chez elle, à bras et à cœur, ouverts… Jusqu'au jour fatidique où Tom décida de la quitter pour suivre sa maîtresse…

Estelle avait toujours cru au grand amour, le FAMEUX, le VRAI, l'IDYLLIQUE ; celui qui vous transporte dans d'autres univers, CORPS ET ÂME ; celui qui vous procure des frissons, celui qui accélère la course de votre cœur.

Quand elle avait compris qu'elle était parcourue justement par ces sensations, elle n'avait pas souhaité les occulter. Elle avait tout simplement écouté la voix de son cœur (et de Tom) puis avait souhaité pousser la course de ses sens en se lançant dans une danse en musique de leurs deux corps.

Avant ce magnifique début d'histoire passionnée, le jeune homme s'était tenu debout devant elle, maniant sa guitare comme si elle était une arme de guerre. Tom l'avait immédiatement ensorcelé. Le sort avait été jeté au premier regard. Ce fut à partir de ce soir-là qu'Estelle n'était plus la maîtresse à bord. Le jeune homme avait pris possession de son âme, la manœuvrant à merveille comme s'il la connaissait depuis toujours. La jeune femme n'avait rien fait pour reprendre le contrôle ; au contraire, elle s'était abandonnée pleinement à son pilotage. Par la suite Tom fit chavirer son cœur.

Son principal défaut était bien celui-là : être trop fleur bleue !

Elle s'était laissée emporter par cette tempête d'émotions frénétiques et par ces vagues de sentiments tumultueux, se fracassant contre un iceberg de passion.

Aujourd'hui, à observer les vagues s'échouer sur la berge, elle revenait à TOM. Des larmes perlèrent sur ses joues fraîches, réchauffant quelque peu son doux visage.

Pourquoi avait-il préféré pendre une autre direction et la suivre, elle ? Cette maîtresse qui avait su comment l'entraîner dans ce périple insensé et lubrique ?

Estelle avait deviné ce jour-là qu'elle ne pourrait pas rivaliser avec elle. Son amant ayant déjà fait son propre choix et ayant suivi la voie de la passion, plutôt que de la raison.

♪ *Allez reste, allez reste encore un peu*
Toi et moi devenir vieux, allez reste
Allez reste encore un peu
Toi et moi faire au mieux, allez reste
Allez reste encore un peu ♪

Son téléphone vibra. Une vingtaine de notifications s'alignaient les unes après les autres sur une page d'un groupe de Pop *Étoile des mers*, qu'elle suivait. Sûrement une énième vidéo de concert venait d'être postée par le chanteur, Kimy.

Estelle aimait se laisser aller à les écouter, c'était dans l'air du temps. De plus, les paroles de leurs chansons vibraient en elle comme si elles lui étaient destinées.

Peu de temps après la séparation, elle avait touché le fond. Sa famille et ses amies ne lui étaient d'aucun réconfort, d'aucune aide. Sa meilleure amie, Anne, avait pourtant tenté de lui faire comprendre que dans tout mal, heureux. Que le temps cicatriserait ses plaies. Que si Tom l'avait quittée, c'est qu'il ne la méritait pas... Maigre réconfort en cas d'amitié solide mais hélas sans effet positif.

Son seul soutien fut la musique, au début, une musique triste, ce genre où on se demande presque pour quelle raison la corde n'est pas vendue avec l'album... Puis, au fil des jours, Estelle se mit à écouter de la musique plus « gaie », plus actuelle, plus fraîche. La jeune femme s'était guérie littéralement en musique.

Écouter, entre autres, ce groupe de trois chanteurs français l'avait aidée à prendre du recul sur sa séparation mais aussi sur sa vie. Elle se réinventa et se découvrit une passion pour la créativité. C'est à partir de cette renaissance qu'elle devint elle aussi, une artiste. Elle décida de prendre un pinceau et d'emprisonner ses démons du passé dans des peintures. Les couleurs de son présent se modifièrent au fil du temps ; les nuances maussades s'estompèrent peu à peu pour revêtir des nuances plus claires, plus ensoleillées.

Son téléphone reprit le mouvement en trépidant dans la poche de son manteau. Elle soupira un instant, visiblement agacée que cette trémulation l'a sortie de ses pensées positives et inspirantes. Elle devait saisir alors l'appareil pour vérifier que ce n'était pas Anne qui tentait de la joindre pour s'organiser pour le lendemain. Les deux amies avaient prévu une journée Shopping / Spa afin de décompresser pendant leur weekend prolongé. Avant de vérifier, elle se leva de la plage, prenant le soin de se fouetter ses fesses pour enlever les grains de sable collés sur son pantalon. Elle regarda une dernière fois l'horizon, constatant amèrement que l'eau de l'océan avait déjà changé de couleur, passant du bleu clair ou bleu foncé voire noir. Le téléphone continuait de vibrer, énervant de plus en plus la jeune femme

— Oui Anne, je vais te répondre ! Murmura à voix haute Estelle, tout en retirant son appareil de sa poche.

Ce n'était pas son amie mais des centaines de notifications qui perturbaient le mur de la page du groupe *Étoile des mers*. Plusieurs fans likaient, ou plutôt laissaient apparaître des émoticones « tristes » ou « en colère » et inondaient leur « mur » de nombreux commentaires. Que se passait-il donc ? Il semblait qu'un vent maussade fouettait un des chanteurs du groupe. Ce dernier venait d'annoncer officiellement qu'il prenait sa retraite.

Estelle remit son téléphone dans son manteau, en prenant le soin de l'éteindre afin de ne plus être parasitée devant la beauté du coucher de soleil, se profilant à l'horizon.

Soudain, son estomac se noua tandis qu'une vague éclaboussa ses baskets. Un léger vent s'empressa également de lui glacer son visage.

— Pourquoi n'ai-je pas pris mon écharpe, se demanda-t-elle en emmitouflant les joues dans son manteau.

Le coucher de soleil surplombait cette ondée aux tons universels, presque surnaturels.

— Quelle immensité, quelle beauté, murmura alors derrière elle, une voix masculine, suave et rocailleuse, qui réveilla en elle des émotions connues…

♪ *Allez reste, allez reste encore un peu*
Toi et moi devenir vieux, allez reste
Allez reste encore un peu
Toi et moi faire au mieux, allez reste
Allez reste encore un peu ♪

Drôle de pressentiment

De nos jours.

— Alors ma chérie ? T'en penses quoi ? Demanda Alex à Julie qui, après avoir enlevé ses lunettes de soleil, analysait encore la pièce dans laquelle ils se trouvaient.

La femme n'osait pas lui répondre. À vrai dire, elle ne savait pas non plus quoi en penser. Cette maison, elle la connaissait... Cette maison elle y avait vécu presque un an... Cette maison lui fichait la chair de poule.

Comment faire comprendre à son mari, que chaque mur, chaque meuble, chaque partie carrelée du sol était imprégnée de son ancienne vie, de souvenirs tous plus noirs les uns que les autres ? Comment lui expliquer que plusieurs démons du passé tentaient avec acharnement de rentrer à nouveau dans son corps et son âme ?

Quand son époux lui avait dit qu'il avait trouvé la maison idéale, non loin de leur village actuel, elle avait voulu avoir plus de renseignements. « Non ma chérie, c'est une surprise, je ne t'en dis pas plus ? Ce soir je t'y emmène et tu verras par toi-même... Oh comme j'ai hâte de te la montrer ».

Alors Julie était à la fois excitée et anxieuse. Elle avait décidé de faire confiance à Alex. Depuis des mois qu'ils cherchaient un bien à acheter. Leur loyer actuel en location était exorbitant et il était venu pour le jeune couple d'investir.

Les yeux de la femme blonde scrutaient chacun des coins et recoins de cette bâtisse, lui prodiguant à chaque coup d'œil des frissons sur tout le corps. Elle sentit une nausée monter dans sa gorge.

— Euh... Je sais pas... On en discutera mon chéri. Osa-t-elle avancer à son mari, devant l'agent immobilier qui semblait impatient d'avoir une réponse précise et un hypothétique intérêt.

Tandis qu'elle essayait de refouler d'anciennes émotions et d'anciennes blessures, la voix sévère d'un homme pénétrant par la porte d'entrée, la sortie de ses pensées...

Juillet 1994

Le jeune homme serrait la jeune femme blonde contre lui, tous en humant ses cheveux. Chacun de ses gestes, chacun de ses regards l'hypnotisait. Cela faisait tellement longtemps qu'il l'avait dans le viseur. Enfin, sa proie semblait s'abandonner à lui. Il en aura fallu des stratagèmes pour qu'elle lui fasse confiance. Il en aura fallu des mois pour qu'elle se rende compte qu'aucun autre homme ne pourrait la combler.

Alors que leurs amis dansaient toujours sur ce groupe de rap. Il l'entraina à l'écart, la prenant par la main.

— Viens on s'éclipse un coup, j'ai mal au crâne avec ce vacarme.

Elle le suivit alors dans le couloir obscur et lugubre. Il était vrai que dans cette cave aménagée en bar et piste de danse, il était compliqué d'entendre et d'avoir une discussion sensée.

L'adolescente avait accepté de fêter ses 18 ans avec ses compagnons dans ce bar « miteux ». Au moins, elle échappait pour un soir au climat familial. Corentin avait insisté pour qu'elle lâche « papa et maman » un vendredi soir et fêter dignement sa majorité.

— Après tout, pourquoi pas, ça pouvait être sympa.

Pourtant, sa petite voix intérieure lui murmurait de ne pas y aller et de rester au calme, à la maison, à lire un de ses livres à l'eau de rose.

Julie était le genre d'adolescente à passer ses weekends dans ses cahiers. Sa vie se résumait à ça : *études, lectures, messes*. Elle avait une petite poignée d'amis qu'elle côtoyait en semaine, pendant les cours et quelques fois pendant les vacances scolaires.

Alors ce soir-là, elle avait accepté la proposition de ses copains. D'autant plus, que la petite tribu lycéenne avait décroché son Baccalauréat. Plus besoin de rester au chaud à réviser, la FAC c'était pour septembre, elle avait le temps !

Elle et Corentin se retrouvèrent alors dans ce couloir étroit, entendant la musique au loin, comme si c'étaient là des enceintes étouffées sous un oreiller.

Corentin s'empara de son menton, reniflant toujours ses longs cheveux blonds ondulés, sentant merveilleusement bons, puis l'embrassa énergiquement. La cacophonie au loin fit place à un silence oppressant.

Julie se laissa faire. C'était son premier baiser, alors elle s'abandonna à cette accolade.

Mars 1995.

La vieille femme la poursuivit encore avec sa poêle dans la cuisine qui faisait aussi office de séjour.

— Saloperie ! Je vais bien finir par t'avoir, hurlait-elle tout en la chassant avec l'objet en inox.

Julie avait hélas l'habitude que sa belle-mère l'attaque lorsqu'elle rentrait de ses cours à la FAC. Elle rentrait généralement vers 18 heures et la mère de Corentin avait déjà les joues rouges et le regard vague. À combien de verre de whisky était-elle ? Là était généralement la question.

Christiane jeta la poêle contre le mur, manquant de peu la tête de la jeune femme, qui s'était empressée de s'enfermer dans le couloir menant jusque dans la chambre de Corentin.

— Je t'aurais un jour... La menaça-t-elle, depuis l'autre mur.

Corentin allait bientôt arriver. En attendant, elle mit son Walkman sur ses oreilles et écouta encore une fois « the cranberries ». Au moins là, elle n'entendait plus la vieille folle.

Si seulement elle pouvait rentrer chez ses parents et s'excuser auprès d'eux. En repensant à sa famille avec qui elle était liée il y a encore des mois, des larmes se mirent à couler sur ses joues...

Janvier 1994.

Isolée du monde et accolée contre le mur du couloir dans l'enceinte de son lycée, Julie était absorbée par ses petites feuilles cartonnées roses. Elle révisait studieusement son anglais. D'ici six mois, elle passerait son Baccalauréat Littéraire. Elle devait l'avoir si elle voulait aller à la FAC de langues. Devenir professeure d'anglais était un de ses nombreux rêves...

— Salut ? Tu bosses sur quoi ? Lui demanda un jeune homme.

— Salut... Euh je relis l'anglais. On se connaît ?

— Non... Enfin si, on est ensemble dans le bus.

— Ah OK. Dit-elle en se remettant dans ses fiches afin de lui faire comprendre qu'elle ne tenait pas à prendre du retard dans ses révisions.

Le jeune homme s'assit alors à côté d'elle et sortit lui aussi un manuel, pour visiblement bouquiner.

— Ça t'ennuie si je bosse à côté de toi ? Y'a trop de monde en études et je t'explique pas le vacarme à la cafèt.

Prise au piège et ne souhaitant pas vexer le jeune homme, l'adolescente accepta sa proposition, ses yeux toujours rivés vers ses feuilles de cours.

— Au fait, moi c'est Corentin.

Décembre 1996.

Le jeune couple se disputait pour la énième fois, enfermé dans la chambre de Corentin.

— Écoute, ça peut plus durer cette histoire ! À chaque fois que je rentre, quand ce n'est pas les poêles qui volent, ce sont des claques ! Et là, avant que tu arrives, elle s'est mise à sortir un couteau de cuisine pour me planter !

Corentin, rouge de colère, tapa de son poing droit le mur derrière la tête de sa copine, manquant de peu de la frapper.

— Tu m'emmerdes avec tes états d'âme, qu'est-ce que tu veux que je te dise ? Je t'avais prévenue quand tu as voulu qu'on vive ensemble non ?

— Quand j'ai voulu ? Tu te fous de moi ? Je n'avais pas le choix que de venir comme tu le dis ! Je te rappelle qu'à cause de toi, je suis brouillée avec ma famille...

— Oh écoute, retournes-y dans « ta » famille... C'est vrai qu'elle est mieux que la mienne, « ta » famille... Tout le monde est beau, tout le monde est gentil là-bas. Ironisa-t-il en allant se poser sur son lit, allumant une cigarette, chose que la jeune femme ne supportait pas.

— Vas-y fume, t'as raison, c'est pas comme si j'avais de l'asthme !

Alors, elle s'enferma dans sa bulle en mettant son Walkman. Ce fut une nouvelle soirée où elle pleurerait et se demanderait si sa vie valait la peine d'être vécue... « *papa, maman, vous me manquez tellement...* ».

Février 1997

Une frappe au visage ainsi qu'un coup de poing dans l'estomac de la jeune femme la mirent une nouvelle fois à terre.

Trop c'en était trop ! Il allait finir par la laisser sur le carreau... Comment s'en sortir ? Comment s'échapper de ses griffes ? Et sa mère qui avait sa bénédiction...

Trop c'en était trop... Il fallait fuir cette famille toxique, sinon elle allait y laisser sa peau.

— Arête ! Le supplia-t-elle.

Alors le jeune homme s'agenouilla auprès d'elle, recroquevillée dans un coin de la chambre.

— Excuse-moi mon bébé, je ne sais pas pourquoi je fais ça... Mais c'est ta faute aussi. Pourquoi tu me provoques sans arrêt ? Tu sais que ma mère est malade et tu sais que j'ai passé une sale journée. Je ne fais pas mon chiffre en ce moment...

La jeune femme blonde retenait ses larmes ; il était hors de question qu'elle pleure devant lui. Ça lui ferait trop plaisir. Elle avait compris que toutes ses émotions négatives étaient absorbées par son amant et qu'elles le ravissaient. C'était sa façon à lui de se nourrir. Il la vampirisait. Quand il la frappait, la ridiculisait, l'insultait, il devenait cet homme fort et fier. Il avait les yeux bleu clair, une taille et une ossature moyenne ; mais dès qu'il mettait plus bas que terre sa « proie », son assurance ne faisait qu'augmenter.

Ses yeux bleus... C'était ses mêmes yeux bleus qui avaient suscité l'intérêt de la jeune femme. Elle le trouvait « collant », arrogant et pas vraiment charmant. Pourtant, elle semblait fascinée par ce regard azur. « Un mec aux yeux clairs » ne peut pas être méchant ? C'est la couleur de l'eau, c'est la couleur du rêve, c'est la couleur de l'infini. Et puis, même si elle ne trouvait pas Corentin à son goût, il était gentil... Il lui faisait pitié.

« J'aurai mieux fait de me tirer une balle » pensa-t-elle, alors qu'il la supplia encore une fois de lui pardonner et de l'écouter et le respecter pour éviter qu'il recommence... Encore une fois...

Octobre 1997

Corinne posait les entrées froides sur la table de la salle à manger tandis que ses amies et son fils mettaient en place les assiettes, les couverts et les verres. Elle fêtait en ce jour son quarantième anniversaire. Cette nouvelle année avait toutefois un goût amer. Déjà deux ans qu'elle n'avait pas de nouvelle de sa fille. Déjà deux ans qu'elle était partie rejoindre son amoureux du lycée. Déjà deux ans qu'elles étaient fâchées. Pourquoi avait-elle décidé de suivre ce jeune homme aux facettes multiples ? La mère de famille avait cerné assez rapidement le personnage : manipulateur, menteur et tricheur.

Il avait posé dans la tête de son enfant des idées et des histoires purement inventées, qu'il avait fait germer avec patience et précision afin qu'elles croissent et emportent avec elles sa proie, telle une dionée[5]. Car oui sa fille était faible, telle une coccinelle, à la fois belle et minuscule qui croit que le soleil est omniprésent et qu'elle peut voler sans crainte. À trop voler, elle était tombée dans le piège. Corinne s'en voulait énormément ; elle aurait dû se taire et la protéger plus. Pourquoi avait-elle avoué à son enfant ses inquiétudes ? Elle aurait dû se douter de sa réaction et de sa fuite. Une mère est censée protéger son enfant et le guider au mieux. Au lieu de lui montrer le chemin, elle l'avait effrayée et envoyée dans la gueule du loup et ainsi dans la mauvaise direction.

Un bruit de carillon la sortit de ses pensées qui lui serraient le cœur.

— J'y vais mâm ! S'exclama Allan, son fils.

Une drôle de sensation l'inonda. Elle se retourna sans réellement comprendre pourquoi. Les invités l'observèrent avec surprise. Ils venaient de voir le nouvel hôte pénétrer dans l'entrée. Corinne lâcha la dernière assiette en voyant son enfant arriver en pleurs.

— Maman, excuse-moi… S'excusa sa fille tout en lui sautant dans les bras. Pardon, mille pardons… STP pardonne-moi.

— Oh mon ange, bien sûr que je te pardonne. Lui répondit-elle, entre sanglots, tout en lui caressant ses longs cheveux

---

[5] Plante carnivore attrape-mouche.

blonds. Mon ange, tu me fais le plus beau des cadeaux d'anniversaire.

Allan ainsi que les frères et sœurs de Corinne, se mirent eux aussi à pleurer. Mais des larmes de joie de retrouver une pièce manquante. Cette fois, le puzzle familial était entier et rayonnait d'une belle couleur : celle de l'amour.

De nos jours.

L'homme qui pénétra dans l'entrée du bien que Julie et Alex visitaient, claqua la porte violemment derrière lui. Il alla saluer l'agent immobilier qui faisait visiter la maison de feu sa mère. Il se dirigea vers le couple qui se tenait devant lui, la femme visiblement étonnée de le voir.

— Bonjour Messieurs Dames.

Julie l'observa, incrédule et soucieuse. Alex répondit à son salut par une poignée de main. Quand l'homme s'approcha d'elle pour lui serrer également. Elle se recula contre le mur du couloir, tout en s'agrippant au bras de son mari.

— Fou le camp ! Ordonna-t-elle à l'homme aux yeux bleu clair. Ne m'approche pas !

Alex et l'agent immobilier observèrent la femme aux longs cheveux blonds, ne comprenant pas sa réaction.

— Qu'est-ce qui se passe ma chérie ? Tu le connais.

— Calme-toi mon bébé… Tenta de la rassurer l'inconnu.

— Dégage ! Ne m'appelle pas « bébé » tu es mort et enterré pour moi, hurla-t-elle à son encontre tandis qu'il s'approchait d'elle avec un sourire narquois.

Alors, le mari de Julie, saisit l'homme par le bras et lui demanda poliment de s'arrêter et de sortir.

— Lâchez-moi vous, vous ne la connaissez pas comme je la connais. Hein Julie que je suis le seul à bien te connaître. Rappelle-toi qu'on est des âmes-soeurs, qu'on est liés pour la vie. Maintenant que tu es revenue à moi, je ne vais pas te lâcher.

Alors Alex l'empoigna par le col et le sortit de la maison avec brutalité.

— Maintenant vous dégagez et vous laissez ma femme tranquille, sinon j'appelle les flics. C'est bien compris ?

Corentin explosa de rire tandis qu'il réajustait sa veste.

— Mon gars, elle m'appartient.

Il cogna un coup de poing à Alex et pénétra une nouvelle fois dans la maison. Julie était encore apeurée et collée contre le mur. Tant de sensations et d'émotions refaisaient surface dans son corps et son esprit. Comme dans son adolescence, aucun mot, aucun geste ne pouvaient jaillir. Elle était comme paralysée et il commença par l'étrangler. L'agent immobilier tenta de le contrôler, lui ordonnant de s'arrêter, l'agrippant pour l'en empêcher. Mais l'homme était bien plus fort que lui.

Julie passa par toutes les couleurs, blanc, bleu puis violet. Un film repassa dans sa tête... Le film de sa vie... Pour enfin rejoindre la lumière... Celle de sa nouvelle vie dans d'autres cieux...

Septembre 1997

Julie jetait dans sa valise quelques-uns de ses habits, pris au hasard dans l'armoire. Corentin n'allait pas tarder à rentrer de son travail. Sa mère était affalée sur le canapé, en train de ronfler, « la clope au bec » (heureusement éteinte) et une bouteille de Whisky renversée sur la table remplie de cendres et de restes de nourriture. C'était le moment idéal pour s'éclipser, partir pour d'autres aventures.

Une de ses amies lui avait proposé de l'héberger dans son studio situé en face de la FAC. C'était pour Julie une réelle aubaine. D'autant plus que Corentin ne connaissait pas Aline, son amie rencontrée en cours, quelques mois auparavant. Il ne lui restait plus qu'à changer son numéro de téléphone et d'effacer cette ancienne vie toxique.

Elle regarda une dernière fois la chambre où elle avait rencontré vents et tempêtes mais aussi quelques rayons de soleil. Cette chambre dans laquelle elle avait perdu son innocence ; cette chambre dans laquelle elle avait ri à plusieurs reprises mais aussi pleuré. Cette chambre renfermait ses démons du passé ; elle espérait désormais ne plus les revoir. Pourvu qu'ils partent en fumée... Comme son ancienne existence.

Aline avait remarqué les cernes, les bleus et le teint livide de Julie. La jeune femme dépérissait de jour en jour, puis de mois en mois. Elle s'était alors donné pour mission de sauver son amie des griffes de ce pervers. Son studio était certes minuscule mais il valait mieux un petit coin rempli de lumière plutôt qu'une prison dorée. Julie avait longtemps refusé son aide, jusqu'au jour où elle était arrivée un matin recouverte d'ecchymoses et un œil au beurre noir.

— J'ai cru qu'il allait me tuer. S'était-elle confiée entre larmes de peur et de douleur.

Elle ferma sa valise et descendit d'un pas de velours les marches de l'escalier. Sa belle-mère ronflait toujours, sauf que cette fois-ci, la clope était tombée sur le vieux parquet. Une odeur d'alcool et de tabac froid rodait au-dessus de la pièce.

— Adieu vieille folle. Pensa-t-elle.

Elle partit alors sans fermer la porte, elle ne devait prendre aucun risque de réveiller la vieille femme. Elle pénétra dans sa voiture et la verrouilla par sécurité. La peur et le danger hantaient encore ces lieux.

En faisant démarrer l'auto, elle sentit comme un poids sortir de ses entrailles. Un mélange de soulagement et d'appréhension la traversait. Elle était certaine d'une chose : sa deuxième vie allait bientôt commencer.

De nos jours.

— Alors ma chérie ? T'en penses quoi ? Demanda Alex à Julie qui était encore dans ses pensées.

Non, mon amour, partons vite de cet endroit, il me fiche la chair de poule.

Sans comprendre pour quelle raison son épouse avançait cette idée, il remercia l'agent immobilier. Julie était déjà dans leur voiture, l'attendant.

— Tu aurais pu saluer l'agent. Qu'est-ce qu'il t'arrive ? Elle a quoi comme problème cette maison ?

— C'est pas une bonne idée. Dieu sait ce qu'il serait arrivé si on était resté. STP fait démarrer la voiture. Lui ordonna-t-elle avec un drôle de pressentiment.

Alors, la voiture partit. Au bout du chemin, Julie remarqua un autre véhicule qui empruntait la même voie qu'eux. L'homme qui le conduisait avait un regard bleu clair. Parcourue de frissons, elle remit ses lunettes de soleil et regarda droit devant elle...

Drew

Septembre 2019

Cinq heures du matin, une fois de plus le réveil effectua son rôle et sortit Antoine de son sommeil si réparateur… Enfin pas tant que ça, compte tenu des cernes qu'affichait son doux visage dans le miroir encore tout embrumé par la vapeur d'eau. Sans un bruit, afin d'éviter de réveiller sa belle Rose, il enfila sa belle tenue d'apparat (entendons ici son bleu de travail), ingéra en deux temps trois mouvements quelques biscuits puis s'éclipsa rapidement de la maison pour aller prendre son poste à l'usine.

Comme chaque jour, 6 h 30, l'heure du briefing. Chacun au garde-à-vous, semblable à un rassemblement de schtroumpfs, pas un seul bruit ne sort des rangs en attendant les instructions de leurs superviseurs.

— Encore une journée palpitante. Se dit Antoine avec une mine toujours plus dépitée.

Il faut dire que depuis quelques mois, le moral n'était pas au beau fixe, entre un travail avilissant et une vie de couple compliquée… Rien n'allait plus.

Antoine et Rose s'étaient rencontrés il y a six ans, lors d'une journée d'intégration au travail. Son entreprise avait choisi ce jour-là une journée basée sur la détente et la relaxation dans le cadre magnifique qu'est le massif de la Dôle[6].

------

[6] La Dôle est un sommet situé dans le sud-ouest du Jura vaudois en Suisse, culminant à 1677,2 mètres d'altitude

Lui était noyé dans la foule de personnes, plus sceptiques les unes que les autres. Elle était une guide, en charge de les éveiller à la découverte de cet art.

La journée ne s'annonçait pas spécialement trépidante pour Antoine, jusqu'à ce fabuleux moment où la petite brune manqua de trébucher à côté de lui, glissant sur un rocher encore humide de la rosée du matin. Mais c'était sans compter sur la vigilance inhabituelle d'Antoine qui avait réussi à éviter le drame, en lui attrapant la main puis la tirant à ses côtés. Lorsque la belle le remercia d'un doux et intense sourire, il sentit ses jambes faiblir et ses joues chauffer... Mais que lui arrivait-il ??? Jamais une fille ne l'avait regardé comme ça,

Et un jour, pendant la formation, Rose initia l'équipe d'Antoine à une séance de lâcher-prise et de méditation. Le tout dans un cadre idyllique puisque au sommet d'une montagne jurassienne. Antoine se souvenait que chacun restait immobile, sauf lui bien entendu ! Il n'arrivait pas à lâcher ses questionnements, fait qui ne passa pas inaperçu devant la jolie brune qui s'empressa d'aller à ses côtés pour le rassurer.

— Pas d'inquiétude, vous êtes ici pour une initiation et il est normal que vous soyez un peu perturbé et perplexe mais nous allons y aller petit à petit. Lui avait-elle murmuré discrètement afin de ne pas perturber les autres.

De manière à le tranquilliser, elle avait pris le temps de lui expliquer comment chasser ses pensées, ou plutôt les observer sans jugement. Elle avait alors posé sa main sur la sienne afin de lui exprimer la confiance qu'elle avait en lui ; mais ce qui était censé n'être qu'un geste de soutien, se transforma pour chacun d'eux, en feu d'artifice d'émotion.

Ils ne purent s'empêcher de réouvrir les yeux et leurs regards s'étaient croisés avec une telle intensité et une telle intimité que ce ne pouvait pas être un hasard.

C'est ainsi que les deux jeunes gens se découvrirent un intérêt et un attrait évident. Ils se voyaient régulièrement et ils aimaient se retrouver en pleine nature, aussi souvent que possible, pour se remémorer leur première rencontre, le jour où cupidon avait décidé de sceller leur sort.

Depuis ce jour fabuleux, leur histoire se construisait petit à petit, pas à pas. Chacun apprenant à découvrir l'autre sous toutes ses facettes sans évidemment s'oublier.

Rose continuait à s'adonner à sa passion de la méditation et Antoine de son côté, à ses perpétuelles sorties de chasse, comme il aimait à le dire.

Trois ans plus tard, l'union fut scellée devant le tout-puissant avec un mariage des plus somptueux en pleine forêt, chose que leurs amis trouvaient étrange mais ça leur ressemblait, ce qui était là le principal.

Le parfait amour filant, ils construisirent leur petit havre de paix sur un terrain qu'Antoine avait hérité ; le tout en bordure de forêt jurassienne avec au fond du jardin un petit ruisseau regorgeant de vie et de fraîcheur.

Cependant, après cette construction, la situation avait commencé à se dégrader entre les deux tourtereaux. Le couple avait décidé d'agrandir la famille en faisant un bébé.

« Copuler » ou « faire l'amour » : cet acte plaisant à imaginer (et qu'on fait en s'amusant comme on dit) se transformait en parcours du combattant. La mayonnaise ne prenait malheureusement pas (comme disait la grand-mère du jeune homme).

Après maintes consultations auprès d'experts plus renommés les uns que les autres, le couperet tomba : Rose était en situation de quasi-stérilité.

Un seul de ses ovaires fonctionnait et l'autre ne produisait pas au rythme normal. Même si cette nouvelle ne réussissait pas à leur ôter leur envie d'avoir un bébé, Rose avait tout de même la boule au ventre. Le fameux « tic-tac » de l'horloge biologique sonnait et tournait à une vitesse étrangement accélérée dans son corps, depuis ce diagnostic.

Bien évidemment, un lourd protocole se mit en place afin de trouver des alternatives, passant de la stimulation ovarienne impliquant des injections régulières d'hormones dans le ventre apportant son lot de joies et de déconvenues (*ah la joie des poussées d'hormones !*). Ce procédé fut sans aucun résultat après six mois de tentative qui eut un effet négatif sur l'intimité et la complicité du couple.

Octobre 2019.

— Ouvre l'enveloppe s'il te plaît mon chéri. Insista Rose, le cœur manquant de s'échapper de son corps.

Ces quelques secondes que mit Antoine à ouvrir le courrier, lui parurent une éternité. Soudain, Antoine laissa tomber l'enveloppe à terre et s'approcha de sa dulcinée avec une mine grave.

— Je suis désolé ma chérie, visiblement le traitement n'a eu aucun effet. Le spécialiste veut nous voir pour parler de la fécondation in vitro.

C'était la goutte d'eau...

— Être obligée de se piquer telle une junky ! Chaque jour n'étant pas suffisant, maintenant il faut que je passe à l'implantation d'un embryon fécondé à l'extérieur... Nous sommes maudits c'est pas possible. ! À croire que le destin refuse que nous fondions une famille... Finalement nous ne sommes peut-être pas faits pour être ensemble !

Visiblement, la positivité et la joie que Rose se donnait comme philosophie de vie, commençaient à se fissurer et à l'affaiblir.

En entendant ces mots, Antoine se sentit désemparé et eu l'impression que le sol s'effondrait sous ses pieds. Comment osait-elle tenir ces propos.

— Non tu ne peux pas dire ça, nous allons nous battre comme d'habitude. Il est hors de question que je baisse les bras au premier obstacle. Lui avait rétorqué Antoine tentant tant bien que mal de la faire réagir.

Malheureusement, à compter de ce jour plus rien ne fut pareil. Leur quotidien qui se caractérisait par la joie, le partage et la complicité, laissait place à des tensions quasi systématiques et une prise de distance plus qu'angoissante pour Antoine qui finit par se réfugier dans son « travail », qui pourtant ne lui apportait rien.

10 novembre 2019

Comme à l'accoutumée, Antoine retrouva en retour de son travail, sa moitié terrée à la maison, n'ayant quasiment pas bougé d'un centimètre depuis le matin... Rien n'avait changé, pas même le niveau de café dans la tasse qu'elle s'était servie le matin même.

Comment la faire réagir ? Que faire pour que Rose retrouve son panache et sa capacité à lâcher-prise sur tous les petits tracas du quotidien. Comme elle aimait à dire il y a maintenant des mois de ça : « A voir le négatif, on finit par l'attirer et on finit dans l'œil du cyclone ».

Eh bien aujourd'hui, même si le temps était agréable, l'œil du cyclone était pile poil au-dessus de la maison, qui était auparavant des plus chaleureuse.

À peine Antoine entra dans la maison que les hostilités étaient lancées.

— Où est-ce que tu étais encore pour rentrer à cette heure-là ? Lui lança Rose a peine avait-il franchi le pas de la porte.

On pouvait voir à cet instant son regard se noircir et sentir que l'atmosphère de la pièce se chargeait instantanément de mauvaises ondes. La tempête avait bien pris place dans leur couple et la soirée s'annonçait mal engagée.

— À ton avis d'où veux-tu que je rentre ? Je me lève pour aller jouer aux cartes, c'est bien connu !!! Tous les soirs, je rentre du boulot à la même heure, je vois pas pourquoi ça changerait mais de toute manière je ne vois même pas comment tu pourrais le voir car je suis transparent depuis longtemps ! Rétorqua Antoine.

— Comment oses-tu dire ça, toi qui ne te préoccupes même plus de moi ! Lui lança Rose excédée.

Il était temps pour Antoine d'aller se ressourcer un peu et de laisser passer l'orage, toute discussion serait totalement inutile et improductive.

— C'est décidé, je voulais te faire la surprise de rester avec toi demain pour qu'on se retrouve tous les deux mais au vu de ta réaction, je vais aller chasser ça me fera le plus grand bien ! L'informa Antoine après avoir accusé une bonne volée de noms d'oiseaux et il claqua la porte.

11 novembre 2019

Antoine se leva sans même prendre le temps de s'envoyer son café rituel, enfila sa tenue de camouflage et prit son arme fétiche... Le voilà maintenant paré pour une bonne journée détente.

Rose n'aimait pas quand Antoine partait chasser et ce pour plusieurs raisons. Étant une fille nature, elle ne comprenait guère comment tuer de pauvres bêtes pouvait s'apparenter à un hobby, surtout quand on ne ramène rien de sa journée.

Et il faut dire qu'Antoine n'étant pas très malin, avait toujours refusé de lui parler de ce qui se passait quand il partait chasser car ces moments lui appartenaient.

Bref, même s'il s'attendait à une nouvelle valse de reproches à son retour, il avait besoin de partir dans sa bulle pour un temps et s'éloigner de cette atmosphère étouffante.

Équipé de son arme fétiche et d'une couverture pour éviter tout bruit sur son poste de tir, avec une tenue de camouflage le rendant invisible, il regarda ses proies. Il était l'heure de se mettre en route.

Parti pour une virée d'une heure pour arriver sur son terrain de jeu, le destin le suivait en lui passant son morceau fétiche dans ses écouteurs, le fameux sur lequel Rose avait accepté de danser avec lui la première fois.

I found a love for me
Darling just dive right in
And follow my lead
Well I found a girl beautiful and sweet
I never knew you were the someone waiting for me

'Cause we were just kids when we fell in love[7]

Soudain, un flot d'émotions s'empara de lui et il sentit les larmes couler sur ses joues. Pourtant, même si la situation restait tendue, Antoine était persuadé que ce n'était qu'une passade et il refusa de s'avouer vaincu en laissant son couple péricliter.

Après l'heure de route passée à se remémorer tous les bons moments et tous ces instants magiques, il arriva à son coin de chasse fétiche : petite crête qu'on appelait de pic de l'aigle.

Comme à l'accoutumée, à peine arrivé sur le poste de tir, qu'il mit en place son couloir, direction plein sud afin de profiter du soleil encore agréable à cette saison. Mais surtout pour éviter que les animaux le sentent arriver au cas où l'un d'entre eux voudrait bien pointer son museau dans le viseur.

En attendant, Antoine profita du point de vue majestueux, le vaste royaume avait perdu sa verdure pour revêtir une parure rouge orangée aux couleurs de l'automne.

Déjà deux heures que le camp était installé mais toujours rien… Quand soudain un bruit se fit entendre à une vingtaine de mètres. Antoine se figea à plat ventre sur son tapis de sol, évitant le moindre bruit ou le moindre mouvement.

Impossible que ce soit le vent car il avait décidé d'être aux abonnés absent aujourd'hui ce qui était une bonne nouvelle, les craquements des branches avertissant l'approche de l'animal.

Tout à coup, Antoine se rendit compte que la chance était de son côté. Sa cible n'était autre que Sa Majesté des bois, le prince revêtit sa couronne à trois branches. Un cerf de trois

---

[7] chanson de *Perfect* d'ED SHEERAN.

ans, un animal tellement jeune et déjà un prestige et d'une élégance magistrale.

Antoine prit le risque de perdre un peu de temps mais il se perdit dans le regard de l'animal, hanta sa tête pour essayer de communier une dernière fois avec l'animal qui serait sa cible...

Allez, assez perdu de temps, Antoine prit son arme en main, ajusta sa visée, respira lentement afin d'éviter tout tremblement, souffla une dernière fois en déclenchant son tir.

Voilà, Sa Majesté allait devenir son trophée du jour ! Le bruit retentissant, l'animal parti en courant et trébuchant dans les racines.

Il était évident qu'au vu de la vigueur de l'animal, Antoine n'était pas de taille à se lancer à sa poursuite mais de toute manière là n'était plus le sujet car au même moment, il entendit derrière lui un craquement et un mouvement sortir des bois. Il se retourna brusquement et fut aussitôt ébloui par le soleil qui continuait sa course vers son zénith, dissimulant totalement l'animal qui lui faisait face. À sa grande surprise, après avoir mis sa main sur son front pour créer de l'ombre, quelle ne fut pas sa surprise quand il se rendit compte que cet animal n'était autre qu'une femme.

— Excusez-moi de vous avoir fait peur, annonça Antoine.

Lorsque l'étrangère le salua simplement, il se sentit envahi d'une étrange sensation qui mêlait à la fois faiblesse et puissance, douceur et force, sérénité et colère, une ambivalence qui était tellement dangereuse sur l'instant qu'Antoine ne put bouger le moindre muscle de son corps.

— Comment vous appelez-vous ? Demanda l'inconnue.

— Antoine, encore désolé de vous avoir effrayé. J'espère que vous ne m'en voudrez pas trop.

— Ne vous inquiétez pas pour ça lui répondait-elle, je m'appelle Drew. Je ne m'attendais pas à trouver quelqu'un comme vous ici, c'est plus qu'inhabituel.

Antoine se redressa aussitôt pour faire face à Drew, et même debout, l'étrange sensation qui avait pris possession de son corps s'amplifiait et il ne comprenait absolument pas ce qui pouvait bien lui arriver. Il avait l'impression d'avoir été drogué.

— Tout va bien ? Lui demanda Drew avec inquiétude.

— Oui ne vous inquiétez pas, je suis juste troublé et je pense que je me suis levé trop rapidement. J'ai l'impression étrange de vous avoir déjà vu, pensez-vous que ce soit possible ? L'interrogea Antoine.

— Je doute que cela soit possible car je suis sans arrêt en déplacement. Je ne me fixe que très rarement, je suis comme Nanny Mc Phee, j'arrive quand on a besoin de moi, je reste tant qu'on ne veut pas de moi et quand finalement on veut de moi je m'en vais. Ce n'est pas très philosophique ni aisé à comprendre mais c'est ma façon de vivre depuis très longtemps. Lui répondit Drew.

— Voulez-vous que nous marchions un peu ensemble, le paysage est tellement beau que ce serait dommage de ne pas le partager. C'est vrai qu'initialement j'étais venu pour en profiter seul mais à deux c'est quand même mieux !

Antoine ne savait pas quoi répondre, c'est vrai qu'il avait besoin de chasser mais vu la tournure des évènements...

Une fois tout son attirail rangé, Antoine rejoignit Drew à l'endroit même où il l'avait laissée. Elle semblait si paisible et tranquille qu'il avait presque honte de la déranger.

Elle s'était assise à terre dans la même position que celle qu'il avait adoptée lorsqu'il avait rencontré sa bien-aimée.

— Je suis prêt, nous pouvons y aller. Dans quelle direction voulez-vous que nous allions. Lui demanda-t-il

Drew scrutant autour d'elle, pointa du doigt une zone un peu éloigné mais accessible moyennant une petite escapade de deux heures de marche. Ils se lancèrent donc dans une petite épopée en passant par les différents paysages que pouvaient leur offrir les montagnes jurassiennes.

Ils purent voir quatre des magnifiques lacs qui rayonnaient encore de la lumière solaire, étincelant tels des diamants taillés par les plus célèbres artistes. Arrivés à ce stade, ils décidèrent de faire une petite halte afin de faire un peu connaissance. Passé l'étape des banalités, Drew sentit bien que quelque chose n'allait pas dans le discours d'Antoine et décida de le questionner.

— Visiblement vous avez une vie bien occupée mais je ne comprends pas pourquoi vous venez ici, sans votre moitié ?

Antoine se sentit tout à coup l'envie de se confier, comprenant que de toute manière il ne serait pas jugé.

— Depuis que je suis avec ma femme, nous avons essuyé pas mal de tempêtes dans notre vie et venir chasser ici a toujours été une nécessité et un lieu de pèlerinage. Je n'ai jamais voulu le partager car à ma manière, c'est mon monde, mes origines et je pense qu'elle ne le comprendrait pas. Voyez-vous, depuis que nous essayons d'avoir un enfant, les échecs dans ce sens se succèdent et ainsi la distance entre nous s'intensifie, au point qu'elle doute que nous soyons bien ensemble et que je ne m'intéresse plus à elle.

— En effet, je comprends que vous vous sentiez abattu mais vous semblez rempli de courage, je le sens. Je vais vous confier une chose... Dans notre monde, la nature est le meilleur professeur. Par exemple, vous me parlez de tempête... Sachez que les tempêtes sont là pour une seule chose... Corriger un déséquilibre. Et dans ce cas, je pense que le déséquilibre, vous le connaissez. Dit-elle

— Je ne sais pas, j'ai passé tellement de temps à l'épauler et à l'aider que même si je ne m'oublie pas, j'ai l'impression que je ne compte plus pour elle. Rétorqua-t-il.

Ils repartirent tous deux à rythme assez soutenu en direction des lacs pendant que le soleil les réchauffait. Drew semblait à ses yeux glisser sur les obstacles tel un serpent rampant sur le sol. Antoine qui avait déjà un bon rythme manquait presque d'être semé. Mais quelle était cette fascination qui commençait à le submerger ?

Il profitait de ces instants de silence pour réfléchir à ce qu'elle lui avait dit. Pourquoi même s'il était en compagnie d'une belle femme il ne pensait qu'à Rose ? !

Ils arrivèrent vers 12 heures aux pieds du lac pour poser un peu les pieds dans l'eau très fraiche.

Ils sont à près de 900 m d'altitude, la température descend rapidement quand on n'y est pas habitué.

Nos deux compères s'essayèrent au bord du lac sur un tronc qui avait récemment été abattu par les bûcherons du coin.

— Avez-vous réfléchi un peu à ce que je vous ai dit ? Que pourriez-vous faire pour arranger la situation ? Pensez-vous que la quitter vous libérerait de ce fardeau ? Le questionna Drew

Pendant un instant, Antoine se demandait si Drew ne lui faisait pas une proposition et décida d'en avoir le cœur net.

— Je vous trouve vraiment très jolie et l'aura que vous dégagez me transporte... Je dois bien vous l'avouer mais je dois quand même vous dire que j'aime ma femme. Elle a été mon diamant pendant toutes ses années et même si les choses ne sont pas simples entre nous, un diamant est immortel et ce sentiment que je ressens pour elle demeurera en moi à jamais.

Je la vois partout où je vais, c'est pour cela que je vais dans la nature sans elle car en ce moment quand je suis avec elle, son visage est triste. Alors que quand je suis dans la nature, un arbre va me dessiner les traits de ses joues qui s'arrondissent lorsque je lui raconte une blague, l'eau va me renvoyer le reflet de ses yeux lorsque je lui vole un baiser, l'herbe va me mimer ses cheveux qui volent lorsque nous faisons l'amour. Elle est LA femme de ma vie et je donnerai volontiers ma vie pour qu'elle retrouve cette joie et cette force qui sommeillent en elle.

Drew le regarda avec étonnement et un petit sourire se dessina sur sa bouche

— Antoine, merci pour ces paroles, vous êtes vraiment un homme bien, un de ces dinosaures qui connaissent et respectent les femmes. N'oubliez pas une chose ; si elle est un diamant, vous êtes un saphir. Antoine, ne perdez pas votre temps. Promettez-moi de lui dire ces mots que vous venez de prononcer. Votre femme a besoin de votre amour comme une fleur a besoin de pluie, pour rayonner et émerveiller le monde.

Une fois sur place, il était bien 16 heures, il était temps pour eux de se dire au revoir.

— Antoine regardez derrière vous ! S'exclama Drew.

Subitement Antoine, regarda au loin... Il vit le roi de l'Europe apparaître, le soleil couchant au-delà des nuages, le mont-blanc orné de sa neige éternelle leur rendait honneur et donnait tout son éclat à cette soirée.

Mais Antoine se sentit mal et de nouveau comme paralysé. Immobile, il ne put qu'assister à ce qui allait se passer.

— Antoine, je vous remercie pour l'honneur que vous avez rendu à un de mes fils ce matin. Vous avez traité ce cerf avec le plus grand des respects en le magnifiant de la sorte. Rien que pour cela je ne peux qu'accepter le cadeau que vous me réclamez dans toutes vos prières. Tenez vos paroles et je tiendrais la mienne.

Et elle disparut aussitôt tous ses yeux dans une brise légère. Il se sentit soudainement libéré de cette emprise et se demandait s'il n'avait pas tout simplement halluciné, il est vrai que le manque de sommeil peut provoquer la folie... Il faudrait penser à consulter !!!

Il reprit la route et rentrait chez lui le cœur léger.

Comme il l'avait promis à Drew dans son périple, il rentra, déposa son Reflex et tout son matériel photographique pour aller à la rencontre de Rose. Il lui déclara de nouveau sa flamme d'une intensité et d'une sincérité jamais égalées.

Rose fondit dans ses bras et s'excusa de son comportement. Ils se regardèrent et se promirent de tout se dire, que jamais leur flamme ne vacillera.

La vie mérite d'être vécue dans d'ici et maintenant.

12 novembre 2019

La pression tomba sur leurs épaules car ils avaient rendez-vous chez le spécialiste qui voulait leur parler de la fécondation in vitro... Rose avait accepté le rendez-vous.

Antoine s'installa dans la salle d'attente et prit le premier livre qui lui tombait sous la main « *Le Jura et ses légendes* ».

La première page qu'il ouvrit était un récit relatant une légende qui n'était pas relative qu'au Jura mais qui relatait la présence d'êtres extraordinaires qui prenaient parfois forme humaine sous forme de DRYADES (DREW de son origine indo-européenne) et qui étaient les gardiens de la forêt et du monde animal qui y régnait.

Antoine fut pris de frissons qui parcoururent l'ensemble de son corps.

La porte du cabinet s'ouvrit, puis un homme de grande stature les accueillit et leur demanda de s'assoir devant son bureau. Le médecin les regarda avec un visage fermé et grave puis il prit la parole.

— Rose, je me dois de vous présenter mes excuses. Il semblerait que mes collègues aient commis une erreur dans les dernières analyses... Même si je ne vois pas comment cela est possible.

Rose et Antoine ne comprirent pas... Mais à cet instant la voix de Drew résonna dans la tête d'Antoine :

« Tu as tenu ta promesse, je tiens désormais la mienne. Soit le même père que le fils que tu as été pour moi et qui me rends extrêmement fier de toi aujourd'hui ».

Nouvelle écrite par mon amoureux.

Le naufragé

L'homme se releva péniblement et observa tout autour de lui. Personne ! Juste des arbres aux feuilles d'un vert pétillant presque bleu. Le type de forêt tropicale qu'on remarque sur les cartes postales. Du sable couleur d'or très fin. Il semblait y avoir d'énormes rochers de l'autre côté de l'eau mais le décor paraissait incertain, flou. La végétation était luxuriante et humide... Ça, c'était une certitude.

Pour le reste, tout semblait brumeux, sûrement car l'homme venait de s'échouer sur la plage à l'instant. Où étaient passés les autres naufragés ? Il y avait bien des restes de l'épave qui se tenaient à quelques mètres, encore immergés. Il se dirigea devant celle-ci afin de constater l'ampleur des dégâts : la coque était intacte. Ce qui le choqua c'était qu'il n'y avait aucune âme qui vive. Où étaient passés les effets personnels des passagers. Rien, il n'y avait absolument rien qui traînait sur les restes du navire, ni même sur la plage et l'ondée d'un magnifique bleu clair, presque transparent. L'homme se serait cru dans un rêve tellement la situation était irrationnelle.

Il se toucha le sommet du crâne afin de vérifier qu'il n'était pas blessé... A priori non, aucune plaie, aucun mal de tête. Ce qui était, là aussi insensé. Il était dans ce bateau avec ses collègues, à siroter un bon verre de vin et papoter des futures négociations et évènements professionnels ; ce qui devait être une simple croisière d'affaires était devenu un enfer. Un enfer car il ne parvenait pas à savoir ce qu'il s'était passé à bord du navire. Depuis combien de temps, était-il échoué sur cette somptueuse berge ? Tout comme Tom Hanks, était-il seul sur cette île et où était-elle située ?

Il s'écarta de l'épave pour goûter à la température de l'eau... HUM... L'ondée aux couleurs du paradis était magnifiquement chaude. Il fit quelques pas tout en faisant exprès de s'éclabousser. Étonnamment, son inquiétude laissa sa place à un amusement certain. Il profitait de l'instant présent.

Le paysage qui l'isolait du reste du monde était éblouissant. L'océan à perte de vue, la végétation, la plage, les hérons qui voletaient au-dessus de lui... Tous ces ingrédients l'ensorcelaient avec leur beauté pour le rendre plus serein. Il sortit alors de l'eau pour tracer son passage sur la plage.

Avez-vous déjà ressenti cette ivresse vaporeuse qui s'empare de votre corps et de votre esprit, alors que vous n'avez pas bu une seule goutte d'alcool ? C'est ce que le naufragé éprouvait à chaque pas qu'il effectuait dans le sable chaud de cette île paradisiaque. Ce qui l'étonna également, était le fait qu'il découvrait de nouvelles choses à mesure qu'il avançait d'un pas serein et confiant ? Cet arbre ressemblant à un parasol au tronc qui se sépare en quatre et aux magnifiques fleurs rouges n'était pas là quelques secondes auparavant ? De même, l'ondée si calme, s'était effacée peu à peu pour se colorer en bleu turquoise pour laisser ensuite apparaître une immense vague blanche. L'ambiance qui régnait dans ce paradis terrestre et marin était plus que troublante et illusoire.

Le naufragé ne savait pas dire depuis combien de temps il s'était échoué sur ce magnifique lagon. Même s'il était seul (tout du moins en apparence), il découvrait avec félicité ce paysage luxuriant et la magnificence des êtres vivants évoluant ici et là. Au fil des heures qui dessinaient cette scène enchanteresse, l'inconnu oublia qui il était et d'où il venait. C'était comme s'il appartenait au tableau coloré et pittoresque de cet eldorado. Il se sentait bien... Merveilleusement bien... Ici, tout n'était que sérénité, beauté, félicité, tonalité... Tout ici représentait la magie de la VIE.

Oui c'était bien cela ! Tout ce qui habitait cet Éden était magique, féerique, idyllique !

Le naufragé décida d'aller goûter plus en profondeur la température de l'eau et plongea tout son corps. Que l'eau était bonne ! Il avait l'agréable sensation d'être purifié et nettoyé. Il ne distinguait plus le ciel ni la terre. Il était complètement immergé dans cette ondée aux couleurs dignes d'un chef-d'œuvre. Il se trouva nez à nez avec des poissons de tailles et de couleurs diverses, tous plus amusants et beaux les uns que les autres. Les coraux vivaient et semblaient vouloir montrer à l'homme à quel point, ils étaient grands et fort. Ils se mouvaient dans tous les sens, s'amusant à changer de couleur comme s'ils étaient sur une piste de danse, éclairés par différents spots. Le naufragé pensa que décidément, aussi bien le paysage terrestre qu'aquatique, étaient les maîtres de ce monde. Il n'avait jamais vu autant de beauté... Jamais.

Était-il mort ? Avait-il échoué et perdu ensuite la vie dans ce naufrage ? Se pouvait-il qu'il soit au Paradis ? Où étaient les saints ? Où était Dieu ?

Il continua de nager dans cette immensité aux multicouleurs et où l'espèce marine s'amusait à jouer au chat et à la souris avec lui. S'il était bien mort, alors il voulait rester ici pour le restant de ses jours. Rien ne lui manquait. Ici, il avait tout. Il baignait dans une eau divine, une Lumière. C'est sûr, il était au ciel... Enfin à la fois sur terre et dans la mer. Cet oxymore portait tout son sens car le naufragé était dans le brouillard total.

Il se mit à sourire... Dieu étant en chaque chose, le Paradis étant un univers lumineux ; Il était forcément à la porte de sa nouvelle vie... Il avait ressuscité et maintenant il se baladait dans une aquarelle exquise.

****

— Alors Jeanne, tu as fini ton tableau ? Demanda la professeure de dessin.

— Oui Madame, regardez ! S'exprima avec fierté l'adolescente.

La professeure prit l'aquarelle et la scruta avec attention et émerveillement.

— Décidément, tu es douée Jeanne. Les couleurs, le choix du paysage, la profondeur... Et cette lumière qui s'y dégage. On croirait même deviner l'évolution de ton personnage. Il y a une sorte de prédiction dans cette peinture. Grâce à la minutie que tu as employée, on présage que le naufragé a bougé dans ce paysage panoramique. D'où te vient cette inspiration ?

— J'ai beaucoup aimé le film « Seul au monde » et je pense que le paradis ressemble beaucoup aux paysages de ce chef-d'œuvre... Et quand on meurt, je suis persuadée qu'on va dans la Lumière ; Le paradis est aussi bien sur terre, au ciel que dans l'Océan. Le Paradis n'est que béatitude.

L'institutrice lui redonna alors sa peinture, pensive, comme le reste des lycéens qui, abasourdis, admiraient le travail de Jeanne.

À vous, chers lecteurs et chères lectrices,

Pour rêver encore plus...
Pour apprécier la magie de la vie ou l'âme qui agit...
Pour aller encore plus loin dans la beauté de l'existence

Je vous invite à vous rendre sur mon site internet dans lequel je poste des articles, des posts, des chroniques... **LE TOUT POSITIF et INSPIRANT :**
Lien https://www.adelinedemesy.fr

Car je n'écris que des histoires, des nouvelles, des articles qui font du bien au corps et à l'esprit... (et je ne me vois pas écrire autrement)/

car pour moi :
La vie est un cadeau, une fleur dont il faut saisir chacune de ses pétales et souffler dessus pour faire irradier sa lumière autour de soi...
TOUT SIMPLEMENT

Prenez soin de vous

Adeline Demesy

N'hésitez pas à m'écrire et à me faire part de vos avis, vos retours, vos coups de coeur.
C'est toujours un plaisir d'échanger mais surtout, toutes vos remarques m'aident à progresser et me donnent envie d'écrire pour vous, encore et encore

TABLE DES MATIÈRES